鬼平、京へ行く

洛中・洛外『鬼平犯科帳』めぐり

松本英亜

小学館スクウェア

はじめに

『鬼平犯科帳』（池波正太郎：著）は、実在した四百石の旗本で、火付盗賊改方の長官、長谷川平蔵宣以《のぶため》をモデルにした「時代小説」である。

昭和四十三年（１９６８年）、『オール讀物』（文藝春秋）一月号に、シリーズ第一話の「啞の十蔵」が発表され、以来、平成二年（１９９０年）四月の第百三十五話「誘拐」（未完）まで、二十三年間継続される。

主人公は、「鬼の平蔵」こと長谷川平蔵だが、もう一方の主役は、何と言っても個性豊かな盗賊たちである。さらに、味のある密偵や組下の与力・同心を配し、「天明」から「寛政」にかけて、江戸庶民の生活を織り交ぜながら描かれている。

ところで……。

『鬼平犯科帳』の舞台は、江戸ばかりではない……。

東海道や中仙道の宿場町、京都、大坂、奈良、遠くは加賀と越中の国境・倶利伽羅峠なども登場してくる。

全百三十五話（文春文庫：決定版）のうち、大盗・簑火の喜之助を主人公とした「老盗の夢」（第一巻・第五話）と、長谷川平蔵が亡父・宣雄《のぶお》の墓参に上洛して遭遇する事件を扱った「艶婦の毒」（第三巻・第三話）「兇剣」（同・第四話）は、京都・奈良が話の舞台となっている。また、「流星」（第八巻・第四話）の冒頭も、京都の描写で始まっている。

そこで、本書では『鬼平、京へ行く』と題して、長谷川平蔵や盗賊たちが歩いた京と奈良の町を訪ね歩いてみることにした。

とにかく、『鬼平犯科帳』の舞台をことごとく歩いてみようという計画である。

最初に、それぞれの話の「あらすじ」と「解説」を述べ、その物語でキーポイントとなる場所については「重要地点」として説明しておいた。

原作には、簑火の喜之助や長谷川平蔵、沖源蔵のたどった道のりの概要は書かれているが、何処をどう歩いたのか詳細な記述はない。したがって、「歩くコース」も幾とおりか考えられるわけだが、なるべく「鬼平」時代に想定される「道のり」を行くように心がけた。だから、本書は、決して京都のガイドブックやグルメ本ではない。「ひとやすみ」コーナーに登場する店舗も、取材の途中で出会った方々とのエピソードを中心に書いたものである。どこまでも、《『鬼平犯科帳』ゆかりの地》を訪ね歩いた旅日記であり、長谷川平蔵や盗賊たちがたどった道のりを可能なかぎり再現したつもりである。

京都の「大路」「小路」「街道」などについては、元京都市歴史資料館員の伊東宗裕氏に御教示いただき、『慶長昭和　京都地図集成』（柏書房）に収められている「改正　京町絵図細見大成」（天保二年）を基に、現在の昭文社の「都市地図」に重ねて道順を選ぶことにした。

実際に現地を歩いてみると、変貌した古都・京の町並みの中にあって、かつての「大路」「小路」が、その土地その土地に、ひっそりと息づいているのがよく分かる。

原作者の池波さんは、変わり果てた江戸の面影を京都に求めて、裏路地をさ迷い歩いたという……。

「鬼平」ファンの皆さん、『鬼平犯科帳』の舞台は江戸ばかりではありません……。

松本英亜

目次

その一
「老《ろう》盗《とう》の夢」を歩く

主な登場人物

簑火《みのひ》の喜之助《きのすけ》
本格派の大盗賊の首領

おとよ
京都・山端の茶店「杉野や」の茶汲女

お千代
簑火の喜之助の昔の情婦

源吉
もと簑火の喜之助の配下の盗賊で、宿屋「藤や」の主人

あらすじ

盗賊稼業を引退して京都で隠居生活を送っていた簑火《みのひ》の喜之助《きのすけ》は、昔の情婦〝お千代〟の墓参りに行くのが日課となっていた。

この日、喜之助は、墓参を終えて山を下り、一乗寺村にさしかかると〝おとよ〟という女と出会う。〝おとよ〟は、山端《やまばな》の茶屋「杉野や」の若い茶汲女で、喜之助は、ひと目見るなり男の血が騒ぐ。「この女と人生最後の夢を……」と、年甲斐もないことを考えるようになる。資金稼ぎのため、ひと盗《しごと》しようと江戸へ出かけて行くが、手下の裏切りにあい、壮絶な最期を遂げる……。

解説

「老盗の夢」は、大盗・簑火の喜之助の「晩年と最期」を題材にした作品で、『鬼平犯科帳』全百三十五話のうち、最初に京都が舞台となった

のがこの話である。寛政元年正月から暮れにかけての出来事である。

本項では、「老盗の夢」の原作の舞台に沿って、喜之助が〝お千代〟の墓参りに行く行程と、茶汲女〝おとよ〟が、「坂の上の不動堂」へ参詣する道のりを中心に、現在の京都の町を歩いてみることにした。

そこで、まず、「老盗の夢」の原作に登場し、本書の進行には欠くことのできない「重要地点」について、説明しておくことにする。

重要地点

「五条橋」東詰の宿屋「藤や」

大盗・簑火の喜之助の現役時代の「盗人宿」だが、「老盗の夢」では、もと配下の源吉が主人をつとめる宿屋で、喜之助が隠居生活を送っている家である。原作者の池波さんが、『京都買物獨案内』を参考に創作した宿屋で実在しない。

本書では、喜之助が〝お千代〟の墓参りへ行く出発地点をこの「五条橋」東詰とした。

瓜生山

五条大橋

〝お千代〟の墓

原作に、喜之助の昔の情婦〝お千代〟の墓は「京都市中の北方、瓜生《うりゅう》山の裾《すそ》にあった」となっているが、これは創作である。ただし、瓜生山は、左京区北白川北東にある標高301mの実在する山である。

一乗寺村へ下る坂道

現在でも「一乗寺」の地名はあるが、広範囲で漠然としており、本書では、原作の記述を総合的に判断して、左京区一乗寺花ノ木町にある「一乗寺下《さが》り松」を目標地点に選んだ。さらに、この「一乗寺下り松」の東側、「詩仙堂」から「狸谷山不動院」へ通じる坂道を、喜之助と〝おとよ〟が初めて出会った「一乗寺村へ下る坂道」とした。

「一乗寺下り松」は、その昔、剣豪・宮本武蔵が吉岡一門と決闘をしたことで有名な場所である。

坂の上の不動堂（狸谷山不動院《たぬきだにさんふどういん》）

〝おとよ〟が、「一乗寺村へ下る坂道」で喜之助と出会ったとき、〝およよ〟は、「この坂の上の不動堂へ参詣しての帰りみち」とこたえている。

狸谷山不動院本堂

一乗寺下り松

そこで、原作の描写と地図を照合して検討してみると、「坂の上の不動堂」は、左京区一乗寺松原町にある「狸谷山不動院」であろうという結論に達した。

もう、十年ほど前になるが、拙著『小さな旅「鬼平犯科帳」ゆかりの地を訪ねて』（小学館スクウェア）の取材で「狸谷山不動院」を訪れたとき、住職さんに「老盗の夢」に登場する「坂の上の不動堂」について訊いてみたことを想い出す。すると、住職さんは、『鬼平犯科帳』の件は初めて聞くことだが、原作の描写は、「おそらく、この狸谷山不動院をイメージしたものであろう」という。

当時の不動院は、現在のようにきれいに整備されておらず、もっとひなびた寺だったことを覚えている。

山端の茶屋「杉野や」（平八茶屋）

京都・山端の茶屋「杉野や」は、池波さんの創作である。

原作に、

「おとよと名乗る彼女は、愛宕郡、山端の茶屋〔杉野や〕の茶汲女である。山端は、若狭街道が京の都へ入らんとする喉もとにあたるところだけに、高野川沿いの街道には茶店もな

都名所図会／山端（部分）中央二軒が麦飯茶屋

らぶし、料理茶屋もあり、麦飯・とろろ汁・川魚料理などが名物だそうな。〔杉野や〕もその一つで、街道に面した店先をぬけ、中庭へ入ると、こんもりとした木立を縫い、……」という描写がある。

そこで、話の舞台を訪ねて、左京区山端の「川端通」を歩いてみると、山端川岸町8の1に、高野川を背にして「川端通」に面した「平八茶屋」という風雅な構えの料理茶屋が目にとまる。写真のような門構えの店の前に立って、その全貌を眺めて見ると、池波さんは、この店を茶屋「杉野や」のモデルにしたのではないかと思われた。それほど、イメージがぴったりの店である。

したがって、本書では、茶屋「杉野や」は、「平八茶屋」として話を進めていくことにする。

「平八茶屋」は、天正四年（1576年）創業の歴史ある店で、若狭街道に面してあった「麦飯茶屋」だったとか。主人の名を平八といったところから、いつしか「平八茶屋」とよばれるようになる。昭和初期には、高野川へせり出した座敷を構える料理茶屋だったが、台風による増水で流されてしまう。その後、改築して現在のような店になったのだが、山端のこの辺には、料理茶屋は高野川をはさんで両岸に一軒ずつしかなく、茶屋「杉野や」のモデルは、おそらく、この「平八茶屋」だろうと、

平八茶屋

二十代目の女将・園部道代さんは言う。

以上の基本事項を念頭に、大盗・簑火の喜之助の人生を変えた〝おとよ〟との運命的な出会いを再現してみようというわけである。

簑火の喜之助が〝お千代〟の墓参りに行く……

解説

現役を引退した喜之助は六十七歳。いま、かつては自身の盗人宿でもあった「五条橋」東詰にある宿屋「藤や」で退屈な毎日を過ごしていた。

この日、いつものように「藤や」を出た喜之助は、京都の北東・瓜生山の裾にある〝お千代〟の墓へ出かけて行く。帰途、山を下りて一乗寺村にさしかかると、〝お千代〟によく似た大柄な女〝おとよ〟と出会う。

簑火の喜之助の運命が狂った瞬間である……。

都名所図会／一乗寺村（部分）左下：下り松、奥：瓜生山

原作に、次のような記述がある。

「さて、その日の昼ごろ。

喜之助は〔藤や〕を出て、鴨川の東岸を北上し、前面に比叡山を仰ぎつつ、一乗寺村へかかった」

大盗・簑火の喜之助が、昔の情婦〝お千代〟の墓参りに行く描写である。

この後、山を下りて来た喜之助が、茶屋「杉野や」の若い茶汲女〝おとよ〟と初めて出会った場所が「一乗寺村へ下る坂道」となっている。

そこで、喜之助が、隠居生活を送っていた宿屋「藤や」から〝おとよ〟と出会った「一乗寺村へ下る坂道」までの行程を歩いてみることにした。

本項では、前述したとおり出発地点は「五条橋」東詰とし、目的地を「一乗寺下り松」とした。

行程の概要　五条大橋〜一乗寺下り松　地図A

❶「五条大橋」東詰に喜之助が隠居していた宿屋「藤や」を想定し、ここからスタート。「五条通」を東へ行き、「大和大路通」に入って北へ進む。

❷右手に「建仁寺」を見て、「四条通」を越え、「若松通」に突き当たっ

京都大学

建仁寺

地図A
北大路通
一乗寺下り松
詩仙堂（文山寺
狸谷山不動尊祈
下鴨本通
高野橋
叡山電鉄叡山本線
白川通
一乗寺通
府道104号
北大路通
紫明通
賀茂川
下鴨神社
左京区
高野川
蓼倉橋
東大路通
ちゃやま
出雲路橋
くらまぐち
上御霊神社
加茂街道
泉川
京都芸術大学
もとたなか
琵琶湖疏水分流
相国寺
葵橋
出雲路幸神社
理学部植物園
いまでがわ
でまちやなぎ
知恩寺
鯖街道
同志社大学
賀茂大橋
でまちやなぎ
清風荘庭園
後二条天皇北白河陵
子安観音
北白川天神宮
上京区
寺町通
北村美術館
思文閣美術館
今出川通
京都大学総合博物館
吉田山
銀閣寺（慈照寺）
京都御所
梨木神社
廬山寺
京都大学
吉田神社
東一条通
烏丸通
府立医科大
鴨川
旧白川街道
白川通
法然院
白川
京都御苑
河原町通
荒神橋
近衛通
清荒神
真如堂（真正極楽寺）
安楽寺
東大路通
金戒光明寺（黒谷）
聖護院門跡
じんぐうまるたまち
丸太町橋
丸太町通
下御霊神社
まるたまち
革堂（行願寺）
京阪鴨東線
平安神宮
冷泉通
若王子神社
京都会館
二条通
細見美術館
岡崎公園
永観堂
頂妙寺
京都国立近代美術館
京都市美術館
京都市動物園
京都市役所
御池通
御池大橋
仁王門通
琵琶湖疏水
南禅寺
川端御池
からすまおいけ
東西線
きょうとしやくしょまえ
さんじょうけいはん
蹴上インクライン
三条大橋
三条通
ひがしやま
京都文化博物館
先斗町歌舞練場
若松通
花見小路通
けあげ
六角堂
さんじょう
青蓮院
烏丸線
河原町通
高瀬川
先斗町通
縄手通
白川
知恩院
京都現代美術館
祇園会館
阪急京都線
四条大橋
八坂神社
円山公園
からすま
四条通
きょうとかわらまち
ぎおんしじょう
南座
祇園
東西線
しじょう
寺町通
京阪本線
大谷祖廟（東大谷）
建仁寺
祇園甲部歌舞練場
高台寺
学校歴史博物館
木屋町通
宮川町歌舞練場
霊山観音
京都霊山護国神社
大和大路通
六道珍皇寺
八坂塔（法観寺）
松原通
北
下京区
東山区
西
東
東山区役所
きよみずごじょう
六波羅蜜寺
五条大橋
六波羅探題跡
ごじょう
蓮光寺
若宮八幡宮
南
清水寺
五条通
川端通
0
500m
鴨川
大谷本廟（西大谷）
清水山

て、これを左折して「川端通」（鴨川堤道）に入る。
❸「川端通」を北へ進む。「川端御池」の信号を越え、「二条通」「丸太町通」を越えて「荒神橋」東詰で「川端通」を反対側へ渡る。
❹「旧白川街道」へ入り斜めに北東へ行く。この道は、近江への近道で、かつて、織田信長も上洛するときに使った道だそうだ。ところが、近年、この附近は大いに変貌し、現在は「京都大学」のキャンパスになっているので、その間を通って北へ進むことになる。
❺続いて、「今出川通」の「子安観世音」の角を曲がって「白川通」へ入り、北へ進む。「京都芸術大学」の北側で「府道１０４号線」へ入り、さらに北へ進む。
❻やがて左手に、目的地「一乗寺下り松」が見えてくる。
この辺は坂だらけ。〝お千代〟の墓参りを終えて山を下りて来た篝火の喜之助と、「坂の上の不動堂」へ参詣して下りて来た〝およ〟が出会ったのが、この「一乗寺下り松」あたりの坂道と推定される。

二人は、ここから山端の茶屋「杉野や」へ行くわけで、そして、喜之助は、この夜、ついに宿屋「藤や」へ帰らなかったのである……。

子安観世音

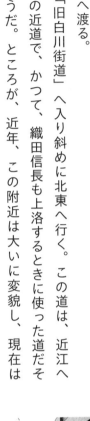

途中、休憩をはさんで、約2時間30分の散策コースである。

ちょっとぶらぶら

「大和大路通」を歩く

全長約2・9km

その昔、「大和街道」と呼ばれた道で、京都市の鴨川の東を南北に走る「大路」である。北の端は「三条通」で、ここから南へ下り、「四条」「五条」を越えてさらに南へ行き、JRの線路を歩道橋で渡って進むと、「京都市立東山泉小中学校」の東角で「泉涌寺道《せんにゅうじみち》」へ突き当たって終

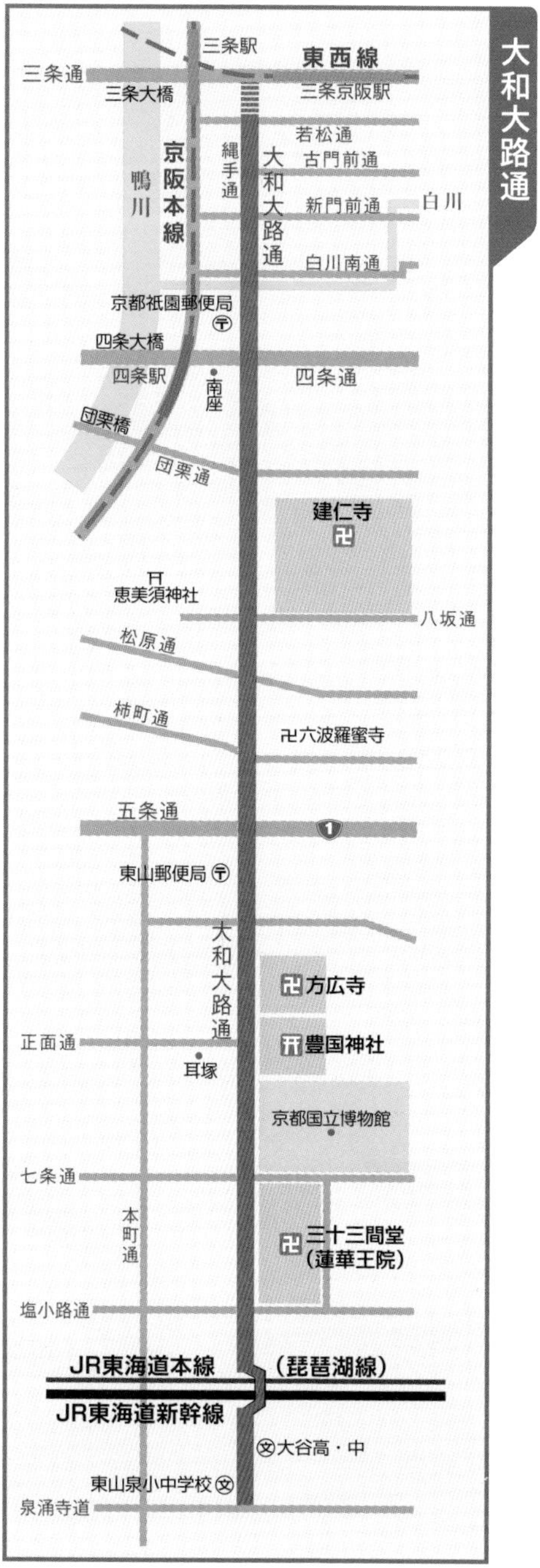

わっている。（地図参照）

「祇園」や「建仁寺」の西側を通る京都の代表的な通りのひとつで、三条から四条の間を特に「縄手通」とも言う。道の両側には商店や茶屋が建ち並び、かつては、京都随一の繁華街であった。現在でも、この道の東西の路地には木造の京町家風の家が残されていて、京都の町歩きには格好の場所となっている。

本書では、「老盗の夢」で、篝火の喜之助が、瓜生山の裾にある〝お千代〟の墓参りに行くため、「五条通」から「大和大路通」へ入って北上している。

また、「兇剣」では、長谷川平蔵一行が、この道を南へ行き奈良へ向かって旅立っている。

ちょっとぶらぶら

「川端通」を歩く

全長約7・2km

「鴨川」「高野川」の東岸を南北に走る幹線道路である。行政上の区間は、北は高野川に架かる「馬橋」から、南は「塩小路通」までだが、「高野橋」で西から来る「北大路通」（府道367号線）を受けて北へ進み、「山端橋」の南で「白川通」と合流して北へ行く。

縄手通近辺の街並

「花園橋」の手前を右へ行き、「三宅橋」を渡って東へ行くと八瀬、大原へと続く。その昔の、「若狭街道」である。

　本項「老盗の夢」では、篝火の喜之助が「一乗寺村」へ行く道のりとして、三条から「川端通」を北上し「荒神橋」まで歩いてみた。道はゆるい上り坂となっていて、右側の車の行き交う車道と、左側の鴨川の流れが、まるで別の世界を張り合わせたような、その境を進むような感覚だ。

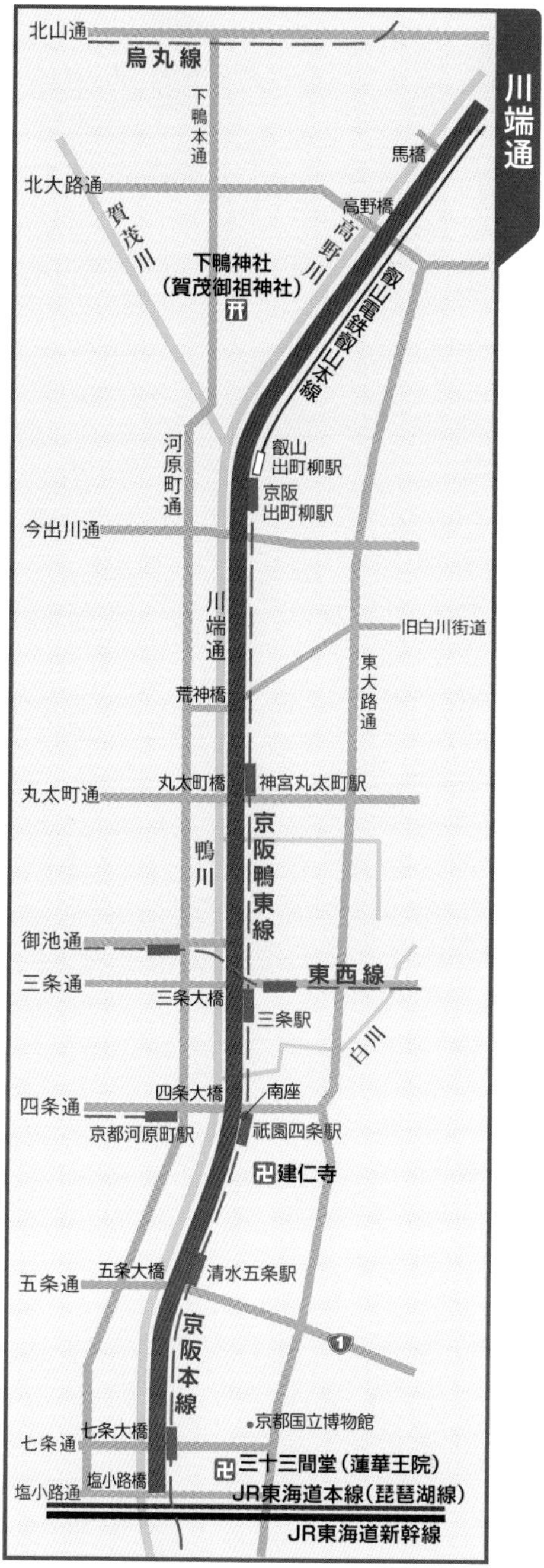

荒神橋

茶汲女〃おとよ〃が、「坂の上の不動堂」へ行く……

解説

「老盗の夢」の原作には、山端の茶屋「杉野や」の茶汲女〃おとよ〃が、「坂の上の不動堂」へ参詣したことが書かれている。

ところが、どのような道のりをたどって行ったのか、詳しい行程については記述がない。

「杉野や」も「坂の上の不動堂」も原作者の池波さんによる創作だが、本書では、どちらも、実在する「平八茶屋」と「狸谷山不動院」がモデルになったものと仮定して話を進めていくことにする。

そこで、原作には書かれていないが、〃おとよ〃が、山端の「杉野や」(平八茶屋)から、瓜生山中にある「坂の上の不動堂」(狸谷山不動院)へ参詣するとき、最もしぜんに想定される道のりを歩いてみることにした。

「杉野や」を出た〃おとよ〃が、高野川沿いに「若狭街道」を南へ下り、左京区高野玉岡町の角から「曼殊院道《まんしゅいんみち》」へ入って東へ行くコースも考えられるが、「平八茶屋」の立地条件を考慮すると、店の前を少し南へ行った二叉路を左へ行き、音羽川沿いに「府道104号線」を利用して「曼殊院道」を逆に行くコースが順当な道順と考えた。以下は、〝おとよ〟がたどったと想定される「坂の上の不動堂」までの道のりである。

行程の概要　山端・平八茶屋〜狸谷山不動院　地図B

❶「平八茶屋」を出発。店の前の「川端通」（若狭街道）を南へ行く。すぐに、二叉路となるので、左の道へ入り「川端通」から離れる。

❷「音羽川」に架かる「山端橋」を渡り、「八百民」商店のある三叉路を左へ行き「府道104号線」（高野修学院山端線）へ入る。

❸「白川通」を越えて「修学院離宮道」へ入り、右手の「音羽川」に沿って歩き「犬塚橋」を渡って直進する。

右手前方に、「瓜生山」の山並みが見えてくる。

❹しばらく行くと道は突き当たる。これを右折して南へ行く。

少し行くと、「曼殊院道」との合流地点があり、ここから「府道104号線」と「曼殊院道」が重なることになる。道なりに進む。

しばらくゆるい下り坂を歩くと、間もなく「一乗寺下り松」の四叉路に出る。

❺「八大神社」の参道鳥居の角を左折して東へ上って行く。この辺から

八大神社参道鳥居

犬塚橋

地図B
服部山
一本松
赤山
東山
五山送り火（法）
若狭街道
平八茶屋
高野川
山端橋
松ケ崎橋
八百民
府道104号
（高野修学院山端線）
しゅうがくいん
川端通
若狭街道
叡山電鉄叡山本線
白川通
音羽川
大塚橋
修学院離宮道
修学院離宮
赤山禅院
浴竜池
下離宮
中離宮
鷺森神社
曼殊院
曼殊院道
八大神社参道鳥居
中谷
一乗寺下り松
いちじょうじ
曼殊院道
詩仙堂
（丈山寺）
八大神社
狸谷山不動尊祈祷殿
狸谷山不動院
瓜生山
奥の院
一乗寺道
北大路通
北
西
東
南
0
500m

上りがきつくなる。

❻右手に、「詩仙堂」「八大神社」を見て上がって行くと、左側に「狸谷山不動院祈祷所」が見えてくる。さらに上って行くと、「狸谷山不動院」山門の下に着く。「平八茶屋」からここまで約60分の行程である。

ちょっとぶらぶら

「曼殊院道」を歩く

全長約2・3km

「曼殊院道」は、西は「川端通」の左京区高野上竹屋町と高野玉岡町の間を東へ行く「曼殊院の参詣道」である。路地の入口に、「曼殊院道」の標識がある。

東へ進むと、間もなく「叡山電鉄」の「一乗寺駅」があり、これを左手に見て進む。道はゆるやかな上り坂となっていて、やがて、「白川通」を越えて「一乗寺下り松」の四叉路へ出る。ここを左へ行く。この道は「府道104号線」で、ここから「曼殊院道」と重なることになる（この四叉路を直進すれば「狸谷山不動院」へ行く）。

ゆるい上り坂で、やがて道は二又に別れ、右が「曼殊院道」、左が「府道104号線」となっている。道標に従って右側の道を上って行くと、「曼殊院」門前にでる。約2・3kmの参詣道である。

「曼殊院道」の標識

狸谷山不動院山門下

この「曼殊院道」は、まさに、「老盗の夢」の舞台である。

本書では、篝火の喜之助が〝お千代〟の墓参りに行く道順を、「白川通」の「京都芸術大学」の北側から「府道１０４号線」へ入る経路を採用したが、喜之助は、「川端通」をさらに北上して高野川沿いの「曼殊院道」入口から東へ行き、「瓜生山」の裾にある墓へ行ったのかもしれない。

また、〝おとよ〟が、「坂の上の不動堂」へ行った道のりも、本書では、山端から「府道１０４号線」を北から下りて来て「曼殊院道」に入った道順を選んだが、「山端」から「川端通」を南へ下り高野川沿いの入口から「曼殊院道」へ入って「不動堂」に行ったのかもしれない。

どのコースをたどったのか、原作には明記されていないので特定することはできないが、いずれにしても、喜之助と〝おとよ〟が、この「曼殊院道」を行き来していたことに間違いない。

曼殊院道

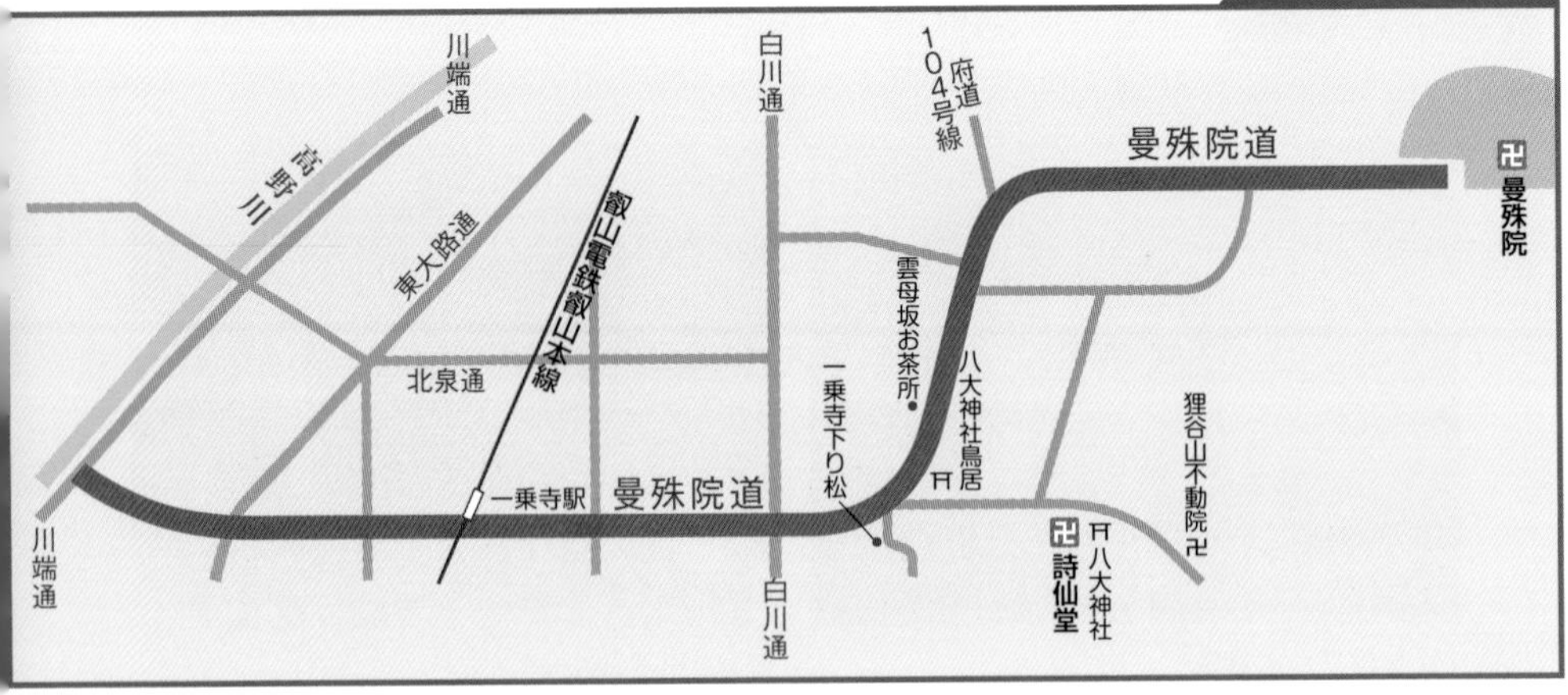

人物メモ

大盗・簑火の喜之助について

「老盗の夢」の主人公・簑火の喜之助は、「良い盗賊」の代表的な存在である。『鬼平犯科帳』全篇を通じて、たびたび引き合いに出される大親分で、さしずめ、盗賊界の大物名誉教授といったところだ。「ない所からは盗《と》らない、ある所から盗る。人を殺傷しない。女を手ごめにしない」という盗賊界の「三か条の掟」を固く守り抜いた真《まこと》の盗賊として描かれている。

　ところが、全百三十五話の中で、簑火の喜之助が、一味の組織を挙げて本格の「盗《つとめ》」をした話は一篇もなく、したがって、そのあざやかな「盗めぶり」などが具体的に書かれている箇所もない。わずかに、初めて登場する第一巻・第三話「血頭《ちがしら》の丹兵衛《たんべえ》」で、旧知の丹兵衛の名誉回復とばかりに、彼になり代わり単独で本格の「盗」をしているくらいである。だから、喜之助の名が出るときは、いつも、盗賊や密偵たちの口を借りて、「昔は、こんなに立派なお頭がいた……」と述懐されるだけである。

簑火『画図百鬼夜行』

　簑火の喜之助は信州・上田の生まれ。その後、どのようないきさつで、何歳の時に「この道」に入り、誰に師事したかは書かれていない。

　「簑火」という異名は、原作者の池波さんが、『画図百鬼夜行』（鳥山石燕：著）という妖怪画集を参考にして名付けたものである。ちなみに、この諸々の妖怪を扱った『画図百鬼夜行』には、『鬼平犯科帳』に登場する盗賊の「異名」がいくつも出てくる。

全盛期には、江戸にも数か所の「盗人宿」があったが、五十九歳で組織を解散して現役を引退している。

京都で隠居生活を送っていた六十七歳のとき、若い大柄な茶汲女に目がくらむ。「資金稼ぎに……」と、江戸へ出て一仕事たくらむが、手下の裏切りに会い壮絶な死をとげる。この晩年と最期を描いた話が「老盗の夢」である。

喜之助は、もともと太目の女が好みで、彼の母親も生まれ故郷の信州・上田では「相撲小町」と呼ばれた大女で美人であったとか。また、昔の情婦〝お千代〟も、武州・蕨の寡婦〝お幸〟も太めな女であった。

そんなわけで、墓参りの帰りに、偶然出会った〝およ〟という大柄な女に一目ぼれして運命が狂ってしまう……。

大盗・簑火の喜之助も、グラマーな女に弱かった……という話である。

ついでに

「狸谷山不動院」と「奥の院」

「狸谷山不動院」は、京都市左京区一乗寺松原町の瓜生山の中腹、標高220mにある。真言宗修験道大本山の寺院である。

本書では、前述したとおり、茶汲女〝およ〟が通いつめた「坂の上の不動堂」のモデルが「狸谷山不動院」と仮定した。

その〝おとよ〟が、山端から「狸谷山不動院」へ参拝した道のりについては、《茶汲女〝おとよ〟が「坂の上の不動堂」へ行く》と題してすでに述べたとおりである。

ここでは、最寄駅である叡山電鉄の「一乗寺駅」から「狸谷山不動院」へ参拝する経路について書いておくことにする。

まず、「一乗寺駅」南側を東西に走る「曼殊院道」を東へ行く。

しばらく歩くと「白川通」との交差点に出るので信号を越えて進む。道はゆるい上り坂となっていて、少し行くと、右手に「一乗寺下り松」がある。この四叉路を直進する。この辺の坂道が、篝火の喜之助と〝おとよ〟が出会ったところである。

「奥の院近道」の標識

狸谷山不動院奥の院

「詩仙堂」「八大神社」を過ぎる頃には、上りはますますきつくなる。

道なりに上って行くと、左に「狸谷山不動院祈祷所」があり、さらに進むと山門の下に到着する。ここまで、およそ30分だがヘトヘト。

次に、山門をくぐって境内へ入ると、最初の踊り場まで続く２５０段の石段があり、そこから先は、さらに数十段の急な石段を上らなくてはならない。

本堂の前に立つ頃には「ゼイ、ゼイ」言って、市内を見下ろす眺望も定かに覚えていないが、何となく小さな「清水寺《きよみずでら》」の雰囲気がある。

年配の方には山門の下まで車で行くことをおすすめする。

本堂の右側に、「瓜生山」山頂へ登る狭いハイキングコースが設けられている。往復1時間くらいの行程だが、案内板に導かれて山道を登って行くと、やがて「奥の院近道」の標識に出会う。ここを左へ行くと「瓜生山」の山頂で、301mの表示板があり、狸谷山不動院「奥の院」の小さな社を見ることができる。

狸谷山不動院　京都市左京区一乗寺松原町6

ちょっとぶらぶら

「柳馬場通《やなぎのばんばどおり》」を歩く

全長約2・3km

「老盗の夢」の最後に、「京の三条柳馬場に店舗をかまえる松屋伊左衛門という中年男……」という記述がある。

大盗・篝火の喜之助が、江戸は九段下の居酒屋で壮絶な最期をとげた、丁度そのころ、京都・山端の茶屋「杉野や」の奥座敷で、〝おとよ〟が、松屋伊左衛門と戯れているというオチになっている。

そこで、「柳馬場通」を歩いてみることにした。

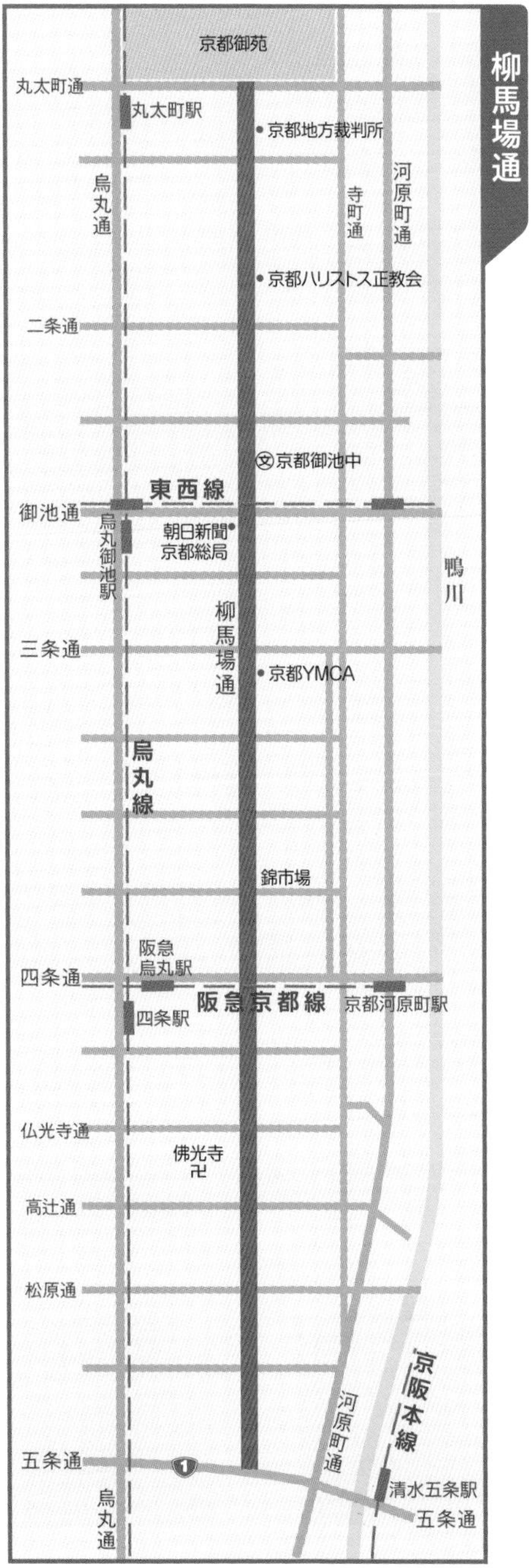

「柳馬場通」は、「丸太町通」から「五条通」まで、京都市の中心部を南北に走る通りで、平安京時代の「万里小路《までのこうじ》」に相当する。

北端の「丸太町通」から南へ歩いて行く。

裁判所の枝垂れ桜を左手に見ながら進むと、通りの東側の並びには、京都市立御所南小学校があり、間もなく「京都ハリストス正教会」がある。西側には普通の住宅が並んでいる。

その昔、平安期には、道幅が12mもあったそうだが、現在は、狭い一方通行の道となっている。

京都ハリストス正教会

「二条通」を越えると間もなく左手に「京都御池中学校」があり、信号で「御池通」を越えて南へ進むと、西南角に「朝日新聞京都総局」がある。やがて、「三条柳馬場」だ。

前述したとおり、『鬼平犯科帳』の原作の舞台となっていて、この辺に「松屋伊左衛門の店」があったことになっている。

三条から四条まではおしゃれな店や小さなホテル・旅館が目につき、人通りも多くにぎやかな「小路」となっている。「錦市場」を越えると間もなく「四条通」である。

四条を越えると、急に店舗も人も少なくなり、変哲のない京都の裏路地となってしまう。「高辻通」を信号で渡ると間もなく「五条通」で「柳馬場通」の南端となる。

全長約2・3㎞。50分位の散策コースだ。

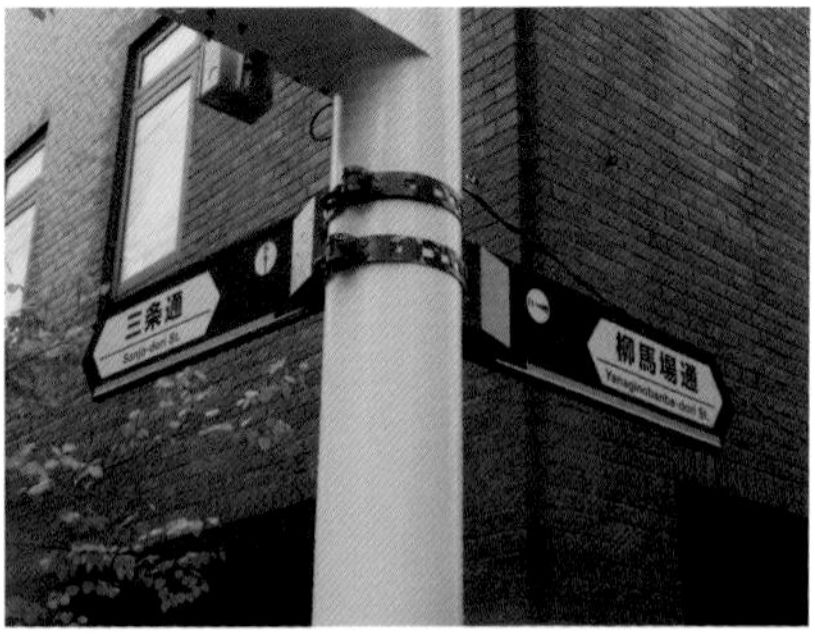

三条通と柳馬場通の標識

ひとやすみ

和菓子とスイーツの店「一乗寺　中谷」

「一乗寺下り松」から「曼殊院道」を西へ下りて行くと、「白川通」へ出る。その少し手前に「一乗寺　中谷」という店がある。

この辺りは、市の中心部から少し離れた静かな住宅街で、「一乗寺　中谷」は、写真のように和風な店構えとなっている。

「でっち羊羹《ようかん》」という小麦粉をつなぎにした羊羹を竹皮で包んだものが名物であるが、その他にもいろいろな和菓子やスイーツを製造販売している。冬になるとつきたての丸餅が店頭に並び、餅好きの筆者は、よく東京へ買って帰ったものである。
　店の奥は喫茶室になっていて休むことができる。観光客の姿は少なく、ほとんどのお客さんは地元の人達で、落ち着いて休むことができる。「老盗の夢」の舞台を訪ねて、何度か「一乗寺下り松」にやって来たが、この店に立ち寄ってはひと息入れることにしている。

一乗寺　中谷　京都市左京区一乗寺花ノ木町5

一乗寺　中谷

その二　「艶《えん》婦《ぶ》の毒」を歩く

あらすじ

亡父・宣雄《のぶお》の墓参りに上洛した長谷川平蔵は、「三条白川橋」近くの旅籠「津国屋」に宿をとる。「津国屋」は、二十数年前、亡父が京都西町奉行として京へ赴いたとき、父に従って移り住んだ平蔵も最初に泊まった宿屋である。

先着していた同心の木村忠吾は、この日、三条大橋の上で〝おたか〟という年増女と出逢い、ひと目で参ってしまう。遊ばれているとも知らず、酒食のもてなしを受けた忠吾は、明日の再会を約束して「津国屋」へ戻ってくる。

翌日、忠吾は、〝おたか〟とのデートに「木屋町すじ」の料亭「俵駒」を訪ねて行く。

一方、平蔵は、「華光寺」に亡父・宣雄の墓参を終え、ぶらりと「北野天満宮」へ出かけて行く……。

主な登場人物

長谷川平蔵
前の火付盗賊改方の長官

木村忠吾
前の火付盗賊改方の同心

お豊（おたか）
虫栗《むしくり》の権十郎配下の女賊で、柏屋四郎助の後妻

柏屋四郎助
絵具屋「柏屋」の主人

虫栗の権十郎
盗賊の首領

浦部彦太郎
京都西町奉行所の与力

ところが、偶然、忠吾と〝おたか〟が、天満宮境内を連れ立って歩く姿を目撃する。実は、この〝おたか〟と名乗る女は、〝お豊〟という虫栗の権十郎配下の女賊であった。

こうして、話は急展開し、墓参に上洛したはずの平蔵の身辺が、にわかに忙しくなる……。

解説

長谷川平蔵の亡父・宣雄は、明和九年（1772年）十月、京都西町奉行として京へ赴任し、翌、安永二年（1773年）五十五歳で病没する。千本出水にある「華光寺《けこうじ》」で葬儀が行われた。

以上の「史実」を基に、原作者の池波さんが、長谷川平蔵を墓参のために京都へ旅をさせた創作話が、「艶婦の毒」である。

本項では、原作の舞台に沿って、次の七つの行程を紹介し、長谷川平蔵や同心・木村忠吾、女賊〝お豊〟がたどった京都市中の「大路」「小路」を訪ね歩いてみた。

一、長谷川平蔵、京へ入る

一、長谷川平蔵が、「華光寺」から「北野天満宮」へ行く

一、同心・木村忠吾と〝お豊〟が、「北野天満宮」へ行く

一、長谷川平蔵が、女賊〝お豊〟を尾行する
一、長谷川平蔵が、茶店「千歳」へ行く
一、長谷川平蔵が、旅籠「津国屋」へ帰る
一、「三条白川橋」周辺を歩く

なお、本書では、まぎらわしいので、忠吾が三条大橋の上で出逢った年増女〝おたか〟は、〝お豊〟として話を進めることにする。

長谷川平蔵、京へ入る……
——旧東海道を歩く——

解説

「艶婦の毒」は、東海道をゆっくり上ってきた長谷川平蔵が、京都の「三条白川橋」に近い旅籠「津国屋」へ入るところから話がスタートしている。

そこで、本項では、東海道「大津の宿」から京都の「三条白川橋」まで、旧東海道を歩いて京都へ入り、「艶婦の

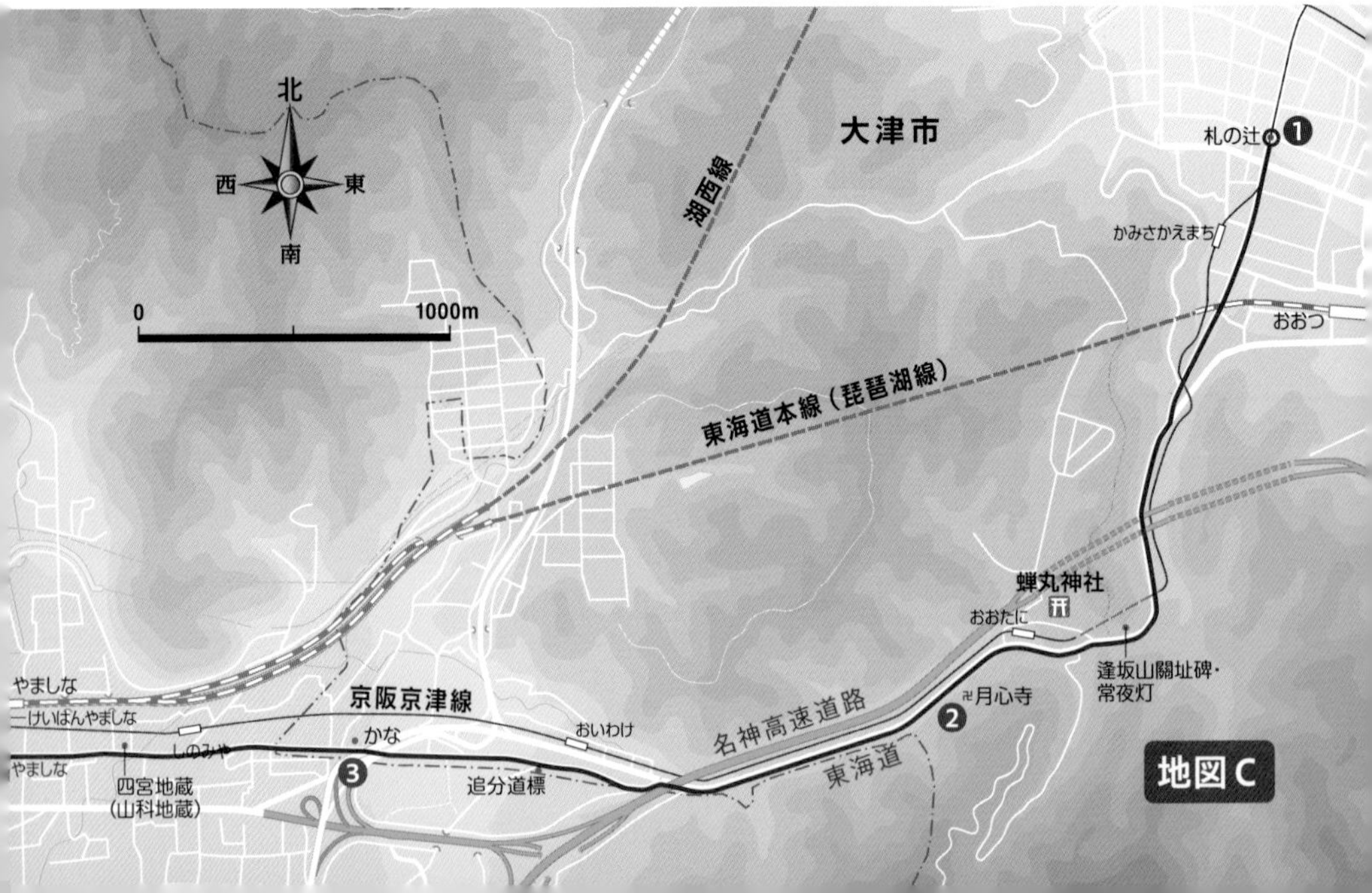

毒」の始まりとした。

行程の概要

大津・札の辻〜三条白川橋　地図C

❶大津宿の「札ノ辻」を出発。

しばらくは上り道が続くが、「逢坂峠」を越えると下り坂となる。

❷さらに進むと、大津市大谷町27-9に「月心寺」という寺がある。走井茶屋跡で、走井の井戸が今も残されているそうだ。なかなか深みのある落ち着いた佇まいで、旧東海道を歩きだしてから最初に足を止めたのがこの「月心寺」の前である。ところが、門前を「国道一号線」が通っているため、行き交う車と騒音のため、風雅な趣が損なわれ、何とも惜しい気がした。本来なら、この辺でお茶を飲みながらゆっくり休憩したいところだが。

❸追分道標を過ぎ、「国道一号線」を越える歩道橋を渡って進むと、右手にカフェ「かな」がある。ここで休憩とした。喫茶店を兼ねた町の食事処だが、大津からここまで適当な休憩場所がない。半年前に歩いた時もここで昼

逢坂の常夜燈

札の辻の上り坂

月心寺

日ノ岡の説明板

追分町の道標

食をとったことを覚えている。
大津宿の「札ノ辻」を出発してからここまで、約1時間15分である。
カフェ「かな」を出発すると、間もなく「山科」である。
「五条別れ道標」を見てさらに進む。
❹この辺から再び上り坂となり、間もなく「日ノ岡」である。
「日ノ岡」を過ぎると「国道一号線」に沿って下り、やがて「蹴上」「粟田口」と続く。
❺さらに、道は下り、やがて終着地点の「三条白川橋」へ到着する。途中の休憩を入れて、約3時間30分の旅であった。
こうして、長谷川平蔵は、亡父・宣雄の墓参のため京都へ入り、木村忠吾の待つ「三条白川橋」近くの旅籠「津国屋」へ到着したわけである。

重要地点

「津国屋」

「津国屋」は、長谷川平蔵が、二十一年前の明和九年（1772

三条白川橋

五条別れ道標

年）秋、京都西町奉行に就任する亡父・宣雄に従って初めて京へ来たとき、第一夜をすごした想い出の宿である。

原作に、

「京の宿は、三条・白川橋に近い〈津国屋・長吉〉である。ここは、有名な知恩院へも近く、東海道を上って近江の大津から山科、日ノ岡、蹴上をすぎて粟田口。それから、かの三条大橋へかかるわけだが、白川橋はその手前にある」という記述がある。この旅籠「津国屋」は、原作者の池波さんが『京都買物獨案内』を参考に創作したものである。

長谷川平蔵が、「華光寺」から「北野天満宮」へ行く……

解説

京都へ着いた翌朝、長谷川平蔵は、千本出水・七番町にある「華光寺」の亡父・宣雄の墓に参拝し、その後、気の向くままに、ぶらりと「北野天満宮」へ詣でる。

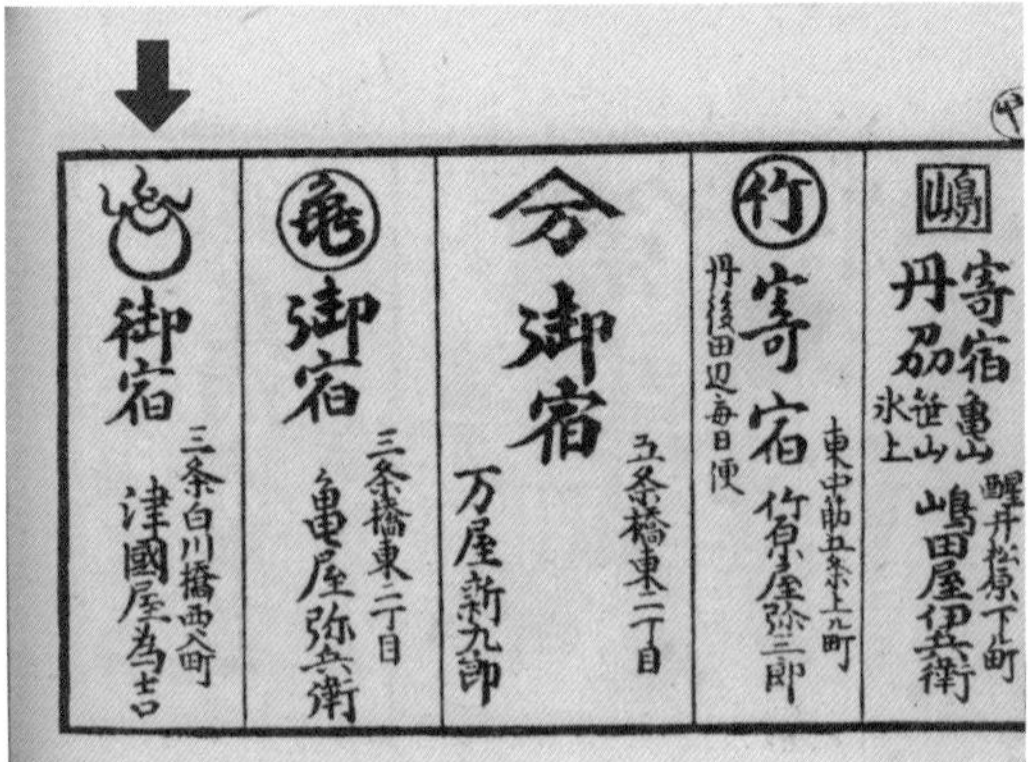

『京都買物獨案内』津国屋

そこで、筆者も「華光寺」から「北野天満宮」へ行ってみることにした。道順として、寺の前の「出水通」を西へ歩き、「七本松通」へ突き当たって右折し、これを北へ行って「北野天満宮」へ行くコースを選択した。

重要地点

華光寺

京都市上京区の出水通六軒町の寺町にある日蓮宗の寺で、天正十一年（1582年）創建、蓮金山と号する。

史実では、長谷川平蔵の父・宣雄は、京都西町奉行として在職中、安永二年（1773年）六月に病没し、この華光寺で葬儀が営まれ、法名を「日晴」という。ただし、墓はない。

原作者の池波さんは、この史実を題材にして、長谷川平蔵を亡父・宣雄の墓参りに上洛させ、そこで巻き起こる事件を扱った話が、『鬼平犯科帳』第三巻・第三話「艶婦の毒」と第四話「兇剣」である。

華光寺　京都市上京区出水通六軒町西入七番町331

華光寺

地図D
平野
上立売通
平野神社
桜橋
北野天満宮
宝物殿
千本釈迦堂
五辻通
上善寺
浄土院
(湯たく山茶くれん寺)
北野会館
(上七軒歌舞練場)
平野道
御前通
北野
観音寺
元誓願寺通
千本通
今出川通
今小路通
上京区
きたのはくばいちょう
京福電鉄北野線
西雲寺
上京警察署
宥清寺
浄福寺
(赤門寺)
大将軍八神社
二の鳥居跡
長五郎餅本舗
一条通
成願寺
一条通
地蔵院
(椿寺)
天神川
(紙屋川)
中立売通
立本寺
西大路通
報土寺
仁和寺街道
七本松通
六軒町通
選仏寺
御前通
千本通
天神通
慈眼寺
華光寺
福勝寺
弘誓寺
出水通
北
西
東
南
下立売通
法輪寺
(だるま寺)
0
300m
丸太町通
中京区
大極殿遺址碑

行程の概要

華光寺～北野天満宮　地図D

❶「華光寺」門前の道が「出水通」で、これを西へ進むとすぐに「七本松通」に突き当たる。

❷これを右折して北へ歩く。少し行くと、「北野商店街」の十字路で、信号を左折して、アーケードの下を行くとやがて「今出川通」へ出て、「北野天満宮」の一の鳥居がそびえ建っている。

❸左手に「上京警察署」があるが、その南側にある古い官舎の敷地の中に、写真のような石碑が立っている。その昔、「北野天満宮」の一の鳥居が、この辺にあったことを示しているとか。

❹原作では、この後、長谷川平蔵が、本殿へ参拝を終えて「三光門」をくぐり出ようとしたとき、木村忠吾と〝お豊〟の二人連れを目撃する。後をつけて行くと、二人は境内の茶店で名物の「長五郎餅」を食べ、やがて、「北野天満宮」裏の「紙屋川」沿いにある料亭「紙庵」へ入って行く……。この続きは、《長谷川平蔵が、女賊〝お豊〟を尾行する……》（63頁）をお読みください。

「華光寺」からここまでおよそ1時間。

北野天満宮　三光門

一の鳥居跡を示す石碑

ちょっと
ぶらぶら

「出水通《でみずどおり》」を歩く

全長約1・6km

「出水通」は、平安京の「近衛《このえ》大路」にあたり、「烏丸通」から「七本松通」に至る東西路である。途中、「京都府庁」で中断している。

「出水通」を歩いてみた。

「京都御所」の西側、「烏丸通」の入口から入り、西へ歩くとすぐに「京都府庁」へ突き当たって中断している。この辺は京都の官庁街となっている。左へ行き、「下立売通《しもだちうりどおり》」を介して迂回し、反対側の「出水通」へ出て再び西へ向かう。

間もなく、「出水橋」を渡ると「堀川通」へ突き当たる。再び、「下立売通」を介して迂回し「出水通」へ戻る。道は狭くなり、何の特徴もない京都の裏路地となる。少し進むと、右側に「祇園饅頭 出水店」（上京区出水通日暮西入金番場町170‐6）、の看板が目についた。「三条白川橋」近くの「祇園饅頭の工場」では何度か「おはぎ」や「餅」を買い、馴染みの店であった。四条の「南座」の脇にある店はよく知られているが、こういう中心地から離れた裏路地に、小さな「祇園饅頭」の看板を見ると、「お

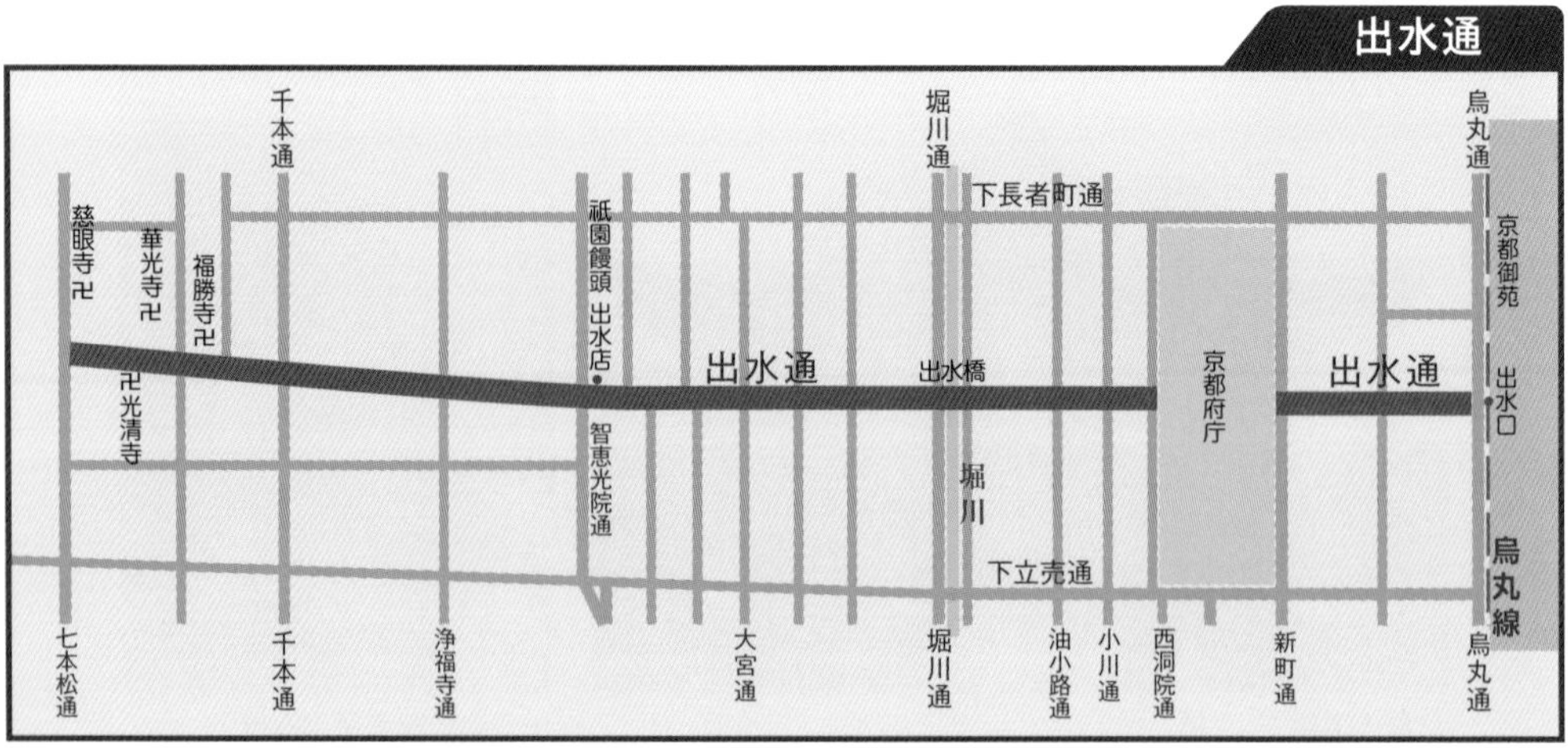

や？」ということになる。さっそく店頭に入り、ウインドウに並んでいるいろいろな商品の中から、「三色おはぎ」を注文した。白衣を着た御主人は、現在、八十三歳。十五で「祇園饅頭」に丁稚奉公に入り、二十年以上修行して暖簾分けしてもらい「祇園饅頭　出水店」を開いたとか。現在の所に店を出してから四十年になるそうだ。

　さらに、西へ進む。

　信号で「千本通」を越えると、通りの左右は寺だらけ。右側に「華光寺」があり、すぐに、「七本松通」に突き当たって「出水通」は終わっている。約1時間の行程だ。

　この道を、今から二百五十年前、我らが「鬼平」が通ったと思うと、とてもじっとしていられるものではない。

ちょっとぶらぶら

「七本松通《しちほんまつどおり》」を歩く

全長約6・4km

「千本通」と「西大路通」の間を南北に走る道路で、北は「寺之内通」から南は「十条通」まで通じている。途中、「姉小路通」と「三条通」の間、JR東海道線の二か所で中断している。平安京の「皇嘉門大路」にあたる。全長約6・4kmで、「寺町通」と並んで寺院の多い通りである。

祇園饅頭 出水店

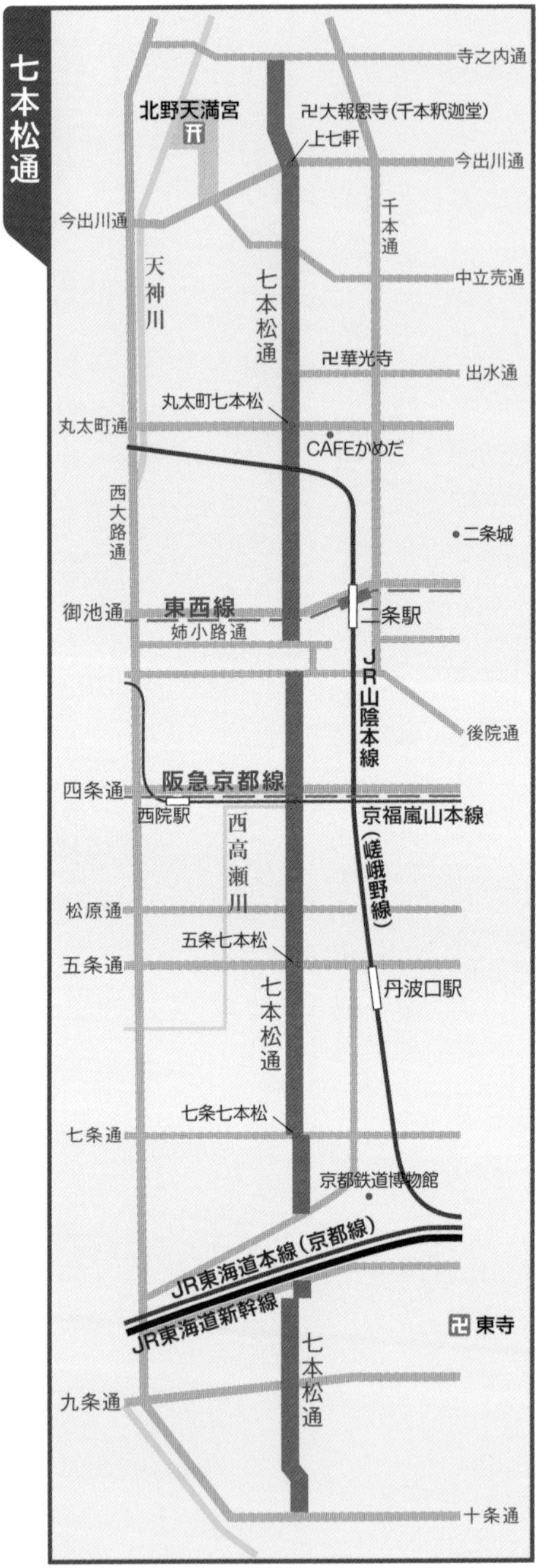

「艶《えん》婦《ぷ》の毒《どく》」で舞台となる「北野天満宮」は、この通りの西北にある。
「華光寺」で亡父・宣雄の墓参を終えた長谷川平蔵は、「出水通」を西へ行き、「七本松通」へ出ると右折して北へ行き「北野天満宮」へ参拝したと考えられる。
そこで、「七本松通」の北端である「寺之内通」の入口から南へ歩いてみた。
「千本釈迦堂」を過ぎると間もなく「上七軒」の信号があり、西側には「北野天満宮」がある。ここで、「今出川通」を越える。少し行くと、東西に延びる「北野商店街」があり、信号を越えて南へ進む。しばらく行くと左側に「出水通」の西端の入口がある。

さらに「七本松通」を南へ行く。

「丸太町通」を越え、ここで昼食休憩とする。「丸太町七本松」の交差点から少し東へ行ったところにある「ＣＡＦＥかめだ」の玉子サンド、なかなかのものだ。

さらに、「七本松通」を南へ行く。全体に特徴のない雑然とした住宅街の通りで、「ＪＲ嵯峨野線」の陸橋をくぐると道が細くなる。

「御池通」を越えて進むと、道は「姉小路通」で突き当たり中断されている。迂回して、南へ進み、「四条通」を越え「嵐電」の踏切をわたる。

「松原通」を越え「五条通」を越えてさらに進み、「七条通」を越えると再び道は狭くなり、やがて、ＪＲの線路に突き当たり中断する。右へ行って迂回し、線路を越えて再び「七本松通」へ戻り、南へ進んで八条、九条を過ぎ、「十条通」の南端で終わっている。

千本釈迦堂（大報恩寺）

人物メモ

長谷川備中守宣雄《びっちゅうのかみのぶお》について

原作者の池波さんは、長谷川平蔵宣以《のぶため》の父・備中守宣雄が京都西町奉行として京へ赴任し、わずか八か月余りで病没した史実をもとに、「艶婦の毒」と「兇剣」を書いている。

当時の習いとして、備中守宣雄の家族も同行したわけで、平蔵宣以二十七歳も父に従って京都の地へ赴いている。

『鬼平犯科帳』全百三十五話には、長谷川平蔵の父・宣雄は、「亡父・宣雄」としてたびたび引き合いに出され、すでに、第一巻・第二話「本所桜屋敷」に、「亡き父・長谷川宣雄にしたがい、父が町奉行となった京都へおもむくまで……」という記述がある。また、第二十三巻・第一話「隠し子」では、亡父・宣雄に隠し子があることが判明。〝お園〟という娘が、平蔵の腹違いの妹として話の主人公となっている。

そこで、長谷川備中守宣雄について簡単に触れておくことにする。

長谷川備中守宣雄は、享保四年（1719年）に長谷川藤八郎宣有《のぶあり》の長男として生まれる。従兄・宣尹《のぶただ》の養子となり、延享五年（1748年）四月家督を継ぐ。同年十月西城書院番。宝暦八年（1758年）九月小十人頭へ昇進。明和二年（1765年）四月御先手八番弓組の頭となる。明和八年（1771年）十月火付盗賊改方を拝命。明和九年（1772年）「目黒行人坂の大火」の放火犯を逮捕。同年十月京都西町奉行に昇進し、十一月従五位下備中守に任ぜられる。翌、安永二年（1773年）六月、五十五歳で病没する。法名を泰雲院殿朝散大夫備中守夏山日晴大居士と号する。

原作者の池波さんは、『鬼平犯科帳』の中で、長谷川宣雄が宣尹の養子となり家督を継ぐまでのエピソードとして、行儀見習いに長谷川家に来ていた巣鴨村の大百姓・三沢仙右衛門の次女〝お園〟を登場させ、宣雄との間に生まれた子供が長谷川平蔵であり「鬼平」として物語が進行している。

●宣雄《のぶお》　平蔵　備中守　従五位下　實は宣有が男。母は三原氏の女。宣尹が終にのぞみて養子となり、其女を妻とす。

寛延元年四月三日遺跡を継、閏十月九日西城の御書院番に列し、寶暦八年九月十五日小十人の頭にすゝみ、十二月十八日布衣を着する事をゆるさる。明和二年四月十一日御先弓の頭となり、安永元年十月十五日京都の町奉行にうつり、十一月十五日従五位下備中守に叙任し、二年六月二十二日京師に於て死す。年五十五。法名日晴。彼地千本の華光寺に葬る。妻は宣尹が養女。

女子　實は宣安が女。宣尹にやしなはれて宣雄が妻となる。

『寛政重修諸家譜』

同心・木村忠吾と〝お豊〟が、「北野天満宮」へ行く……

解説

京都へ先着して、熱心に遊びまくっていた同心・木村忠吾は、この日、「三条大橋」の上で〝お豊〟という女と出逢う。年増好みの忠吾、「遊ばれている……」とも知らず、またたく間に妖艶な〝お豊〟のとりこになってしまい、二人の出逢いは急発展していく。

〝お豊〟は、忠吾を鴨川に面した「木屋町すじ」の料亭「俵駒」に誘い、酒食のもてなしをした後、明日またここで逢うことを約束して別れる。

この〝お豊〟、盗賊・虫栗の権十郎配下の女賊である。

二十数年前、長谷川平蔵が亡父・宣雄の供をして京へ移り住んだ時、若き平蔵と深い仲になった因縁の女であった……。

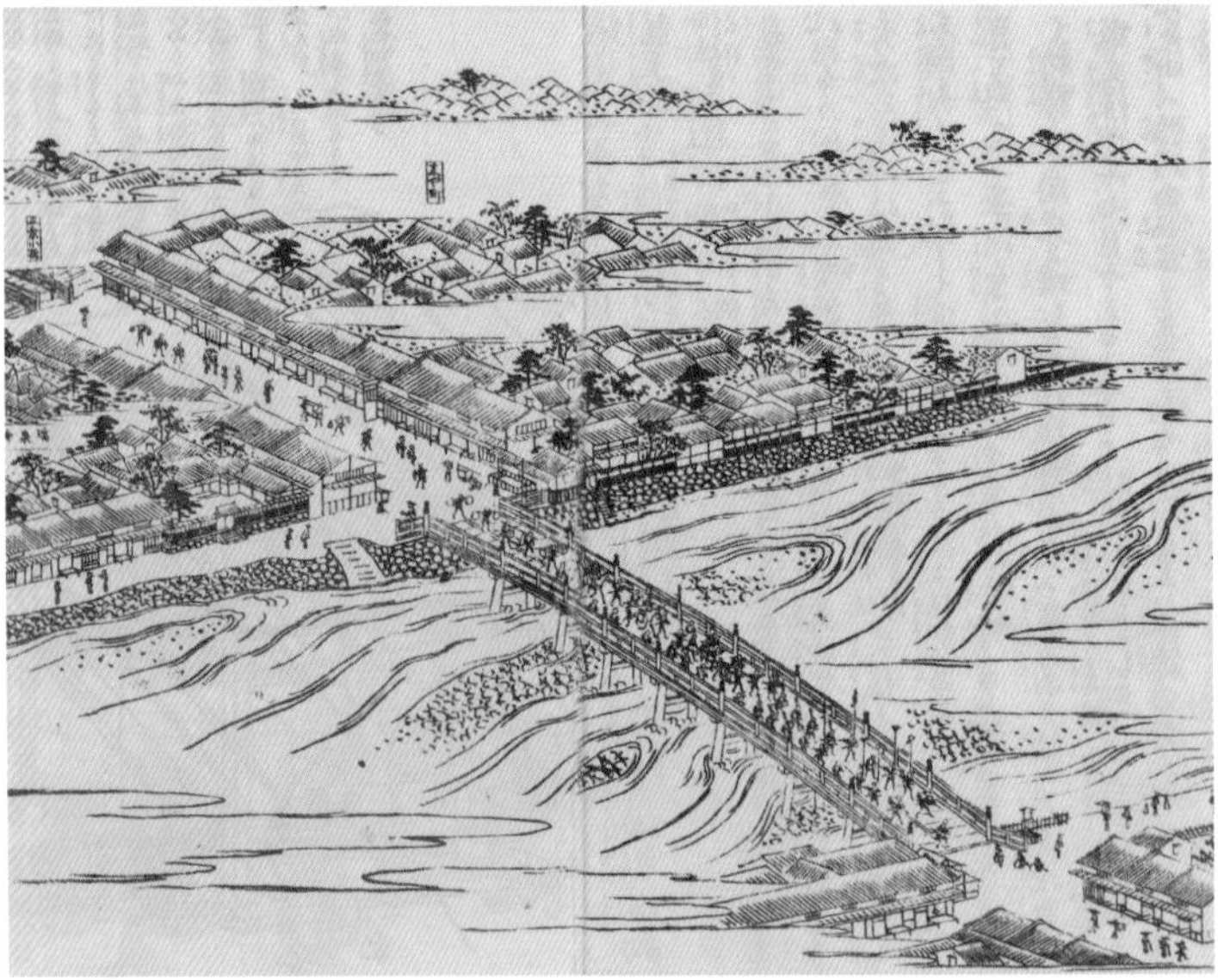

都名所図会／三條大橋

もちろん、忠吾は、〝お豊〟の正体を知らない。

さしずめ、「艶婦の毒」というタイトルは、こんなところからきているのだろう。

翌日、「俵駒」で再会した二人は、軽い昼食を共にした後、〝お豊〟のリードで「北野天満宮」へ出かけて行くことになる。

原作には、二人が「俵駒」からどのような道順で「北野天満宮」へ行ったかは記載されていない。いろいろな順路が考えられるが、本書では、「木屋町通」から「二条通」を経て「寺町通」を北上し、「今出川通」へ入って西へ向かい、「北野天満宮」へ参詣する経路を歩いてみることにした。

重要地点

俵駒

まず、料亭「俵駒」の位置だが、原作には、「木屋町すじにあり、鴨川に面し」とある。また、長谷川平蔵は「高瀬川西側の長州屋敷の塀外に葭簀《よしず》張りの店を出しているうどん屋」から「俵駒」を見張っている描写がある。「長州屋敷」は、今の「ホ

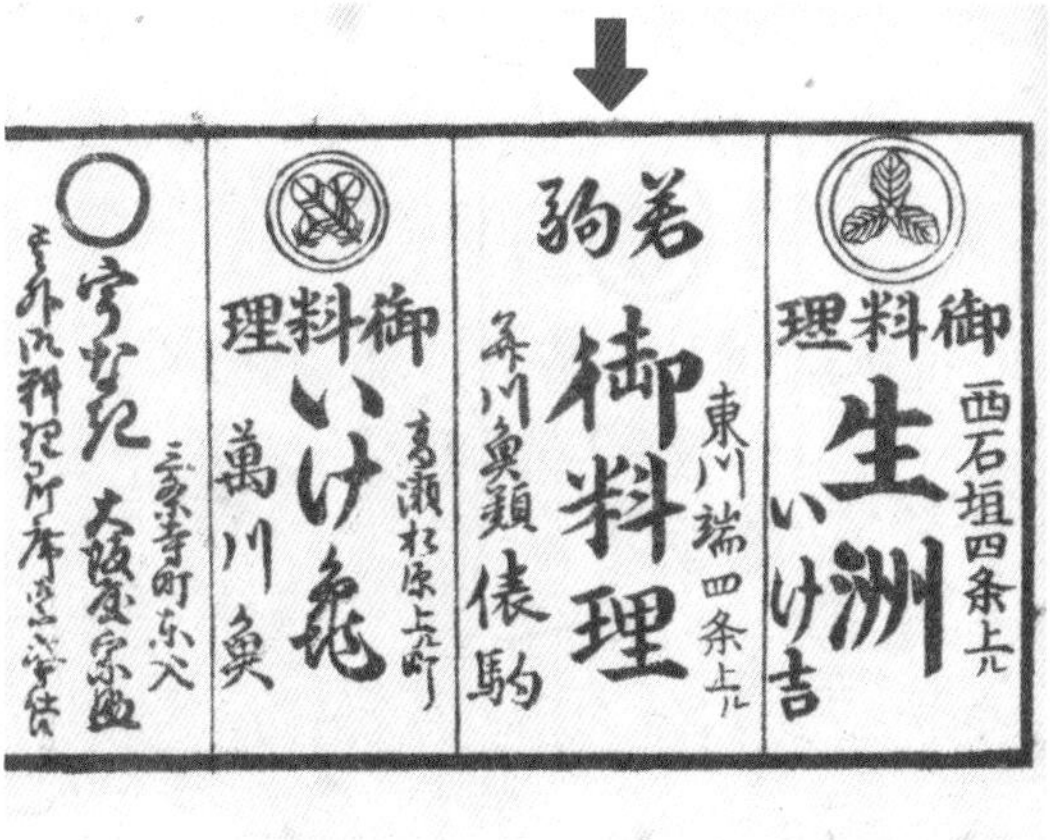

『京都買物獨案内』料理屋・俵駒

テルオークラ京都」あたり。こうした状況描写から「俵駒」の位置を検討すると、現在、「木屋町通」の東側にある京料理「幾松」あたりが「俵駒」のモデルではないかと考えられる。

なお、「俵駒」は、原作者の池波さんが、『京都買物獨案内』を参考に創作した店である。

京料理「幾松」

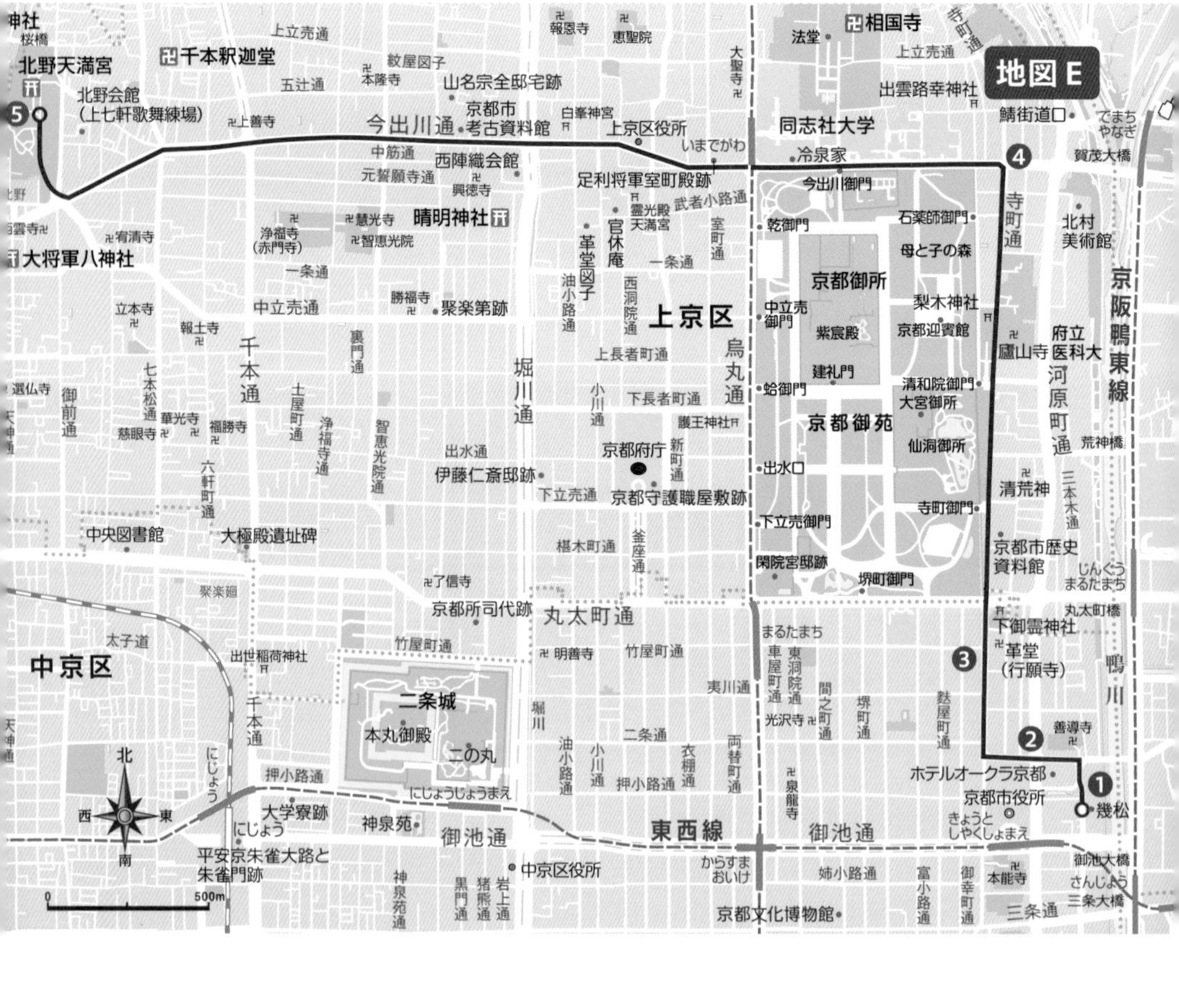

行程の概要　「俵駒」〜北野天満宮　地図E

❶木村忠吾と〝お豊〟の二人は、「北野天満宮」を目指して、京料理「幾松」（「俵駒」）を出発。

❷高瀬川沿いの「木屋町通」を北へ行き、「二条通」を左折して西へ進み、「河原町通」を越える。間もなく、「寺町通」へ突き当たる。

❸「寺町通」を右折して北へ進む。名前の通り、寺院の多い通りである。詳細については、後述する《「寺町通」を歩く》を参照されたし。

「丸太町通」を越え、「京都御苑」を左に、右に「京都市歴史資料館」を見てすすむと、やがて、「今出川通」との交差点に出る。

❹「今出川通」を左折して西へ行く。

左側に「京都御苑」、右側に「同志社大学」のキャンパスを見て進み、「烏丸通」「堀川通」「千本通」を越えて、さらに西へ進む。

❺しばらく行くと、右側に「北野天満宮」が見えてくる。

「幾松」（「俵駒」）を出てからここまで2時間余り。

北野天満宮　一の鳥居

ここで一言

「北野天満宮」は遠すぎないか……?

原作では、「木屋町通」の料亭「俵駒」で待ち合わせた木村忠吾と〝お豊〟が、軽い昼食をとってから「北野天満宮」まで出かけている。

二人が歩いた行程を前述したような道順で歩いてみると、筆者の足で約二時間かかる。

ベテランの〝お豊〟が、気のせく若い忠吾を誘惑するのに、どうしてこんな手の込んだ真似をしなければならなかったのか。どうしてこんなに遠くまで来なければならなかったのか……。本書『鬼平、京へ行く』執筆中、常に頭から離れなかった疑問点である。

筆者なりにいろいろ理由を考えてみたが、なかなか適当な答が見つからない。

それにしても遠すぎる。この場面は、もう少し近場で完結できなかったのか……。

天国の池波さんに、ぜひ、お尋ねしたいところである。

ひとやすみ

長五郎餅

原作には、同心の木村忠吾と〝お豊〟が、「北野天満宮」へ参詣し、境内の茶店で「長五郎餅」を食べる場面がある。

そこで、「長五郎餅」について解説しておく。

現在の上京区一条通七本松西入の「長五郎餅本舗」の辺りも、その昔、「北野天満宮」の境内であった。この地で茶店を営んでいた初代・河内屋長五郎は、餡を羽二重餅でくるんだ菓子を考案。そのスッキリした形と上品な味が参詣客の評判を呼ぶことになる。

天正十五年十月、太閤秀吉による「神前大献茶会」で、この菓子が茶菓として用いられ秀吉公の目にとまる。「長五郎餅」と命名を賜わったのはこのときである。

以来、四百年余りの歴史と伝統を受け継いで今日に至っている。

現在、天満宮境内にある「東門茶店」は、戦後に開いた店で、毎月二十五日の縁日と天満宮の行事のある日などに営業しているそうだ。

二十一代目の店主である藤田典生さんに話をうかがった。

藤田さんも「鬼平」ファン。『鬼平犯科帳』に「長五郎餅」が登場することはもちろん御存じで、先々代の祖父から原作者の池波さんが店にやって来たことを聞いていたという。短い時間だったが、「鬼平」談義で大いに盛り上がり、藤田さんは、「埋蔵金千両」の話が好きだとおっしゃっていた。

長五郎餅（北野天満宮東門茶店）

抹茶と一緒に御馳走になった「長五郎餅」は、実にシンプルで毅然とした姿をしており、さらりとした餡の甘さと見事にマッチしている。

「北野天満宮」参詣の折は、ぜひ、また寄ってみたいものである。

長五郎餅本舗　京都市上京区一条通七本松西入430

ちょっとぶらぶら

「木屋町通」を歩く

全長約2・8km

「木屋町通」は、北は「二条通」から南は「七条通」まで、「高瀬川」東岸に沿った全長2・8㎞の道である。

「木屋町通」を北側の「二条木屋町」から南へ歩いてみた。

「高瀬川」に沿ったこの道は、川の流れと柳に桜、随所に幕末の歴史の痕跡を確認しながら散策できるという、「京都の町歩き」には格好の場所である。

歩き始めて間もなく、左手に並ぶ料理屋の中に「鳥水だき 新三浦」の看板がある。「新三浦」については、《ひとやすみ》のコーナーで紹介することにする。

数軒先に、京料理「幾松」の店があり、この店の入口には「桂小五郎幾松寓居趾」の石柱が立っている。川の反対側にある「ホテルオークラ

桂小五郎寓居跡の石柱

長州屋敷跡の石柱

京都」は、かつての「長州屋敷」で、屋敷の前に「葭簀張りのうどん屋の店」を想定すると前述の原作の舞台がよみがえってくる。したがって、原作に登場する料亭「俵駒」は、京料理「幾松」をイメージして書かれたものと考えられるが……。

この辺の「木屋町通」には、幕末の痕跡を示す石碑や説明板が随所に見られ、現在の飲食店の建ち並ぶ街並みと奇妙なバランスをたもっている。川沿いの並木も、「姉小路橋」から「三条小橋」までは柳の木が多く、「四条通」までは柳と桜が混在するが、四条を過ぎるとほとんど桜の木

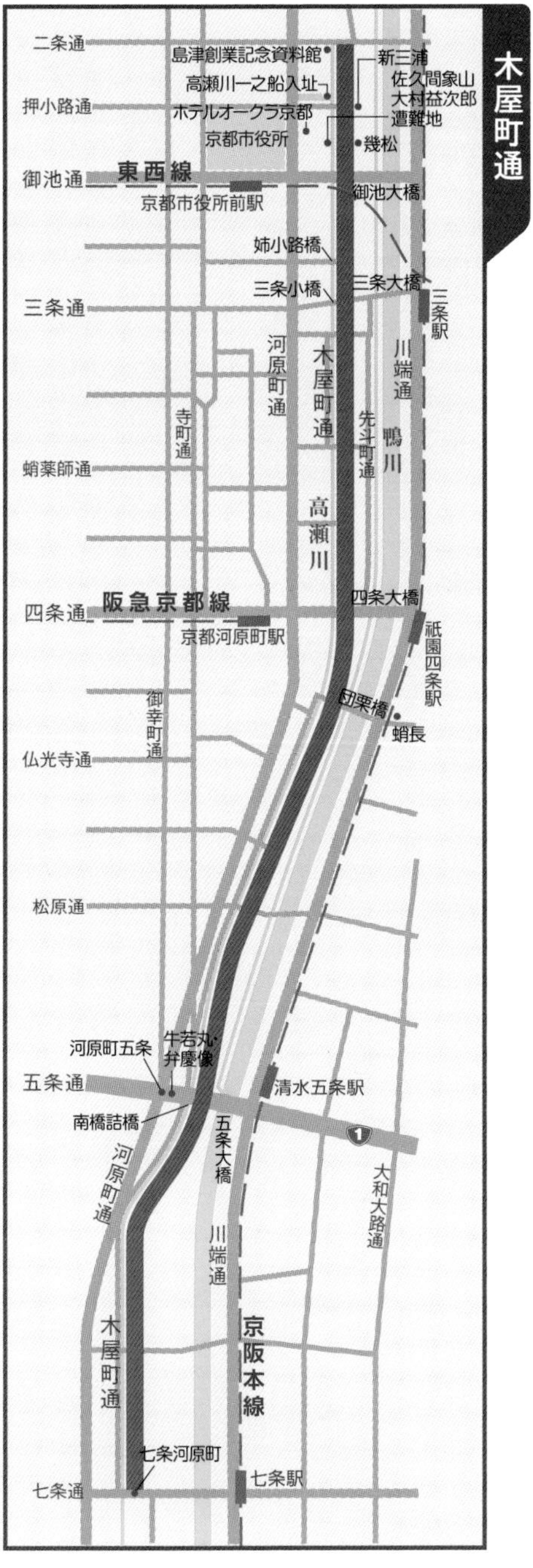

となる。この川沿いの並木は、大正九年から柳の木が植えられたそうだが、昭和四十二年から植え替えが始まり、徐々に桜の木に替わって、現在は、ほとんど桜の木になっている。

『鬼平犯科帳』第二十巻・第一話「おしま金三郎」では、「京都・木屋町の四条上ルあたりの柳の木蔭」が話の舞台となっている。

現在の「木屋町通」は、飲食店の街だ。通りの左右にはビッシリと店が建ち並んでいる。「四条通」を越えて間もなく、左へ入る路地があるが、これが団栗橋へ続く「団栗橋通」で、この道の先、「川端通」を越えたところに、池波さんも訪れたというおでんの店「蛸《たこ》長《ちょう》」がある。

「木屋町通」は、「五条通」を直接越えられない。「河原町五条」の信号で迂回して「南橋詰橋」を渡り、再び、「高瀬川」東岸の道へ入って南へ下ることになる。

間もなく、道路の左側に「二本のエノキの大木」がある。「木屋町通」も五条を過ぎると人影も店舗もなくなり、「三条」「四条」の喧騒が嘘のようだ。「木屋町通」は、「六条通」とは交差せず、やがて、「七条通」

姉小路橋と柳

に突き当たって終わっている。約1時間の散策コースだ。「木屋町通」の歴史的な背景については、ものの本を参照されたし。

ひとやすみ

鳥水だき 新三浦《しんみうら》

二条から「木屋町通」を少し南へ行くと、左手に細い路地がある。入口に「鳥水だき 新三浦」の看板が出ている。

この路地は、鴨川へ向かって延びていて、突き当たりの料亭風の店が「新三浦」である。

だから、五月から九月までは、河原にせり出した「納涼床」でも「水だき」を食べさせてくれる。

一見《いちげん》の観光客にはとても入りづらい構えとなっているが、そんなことはない。スーッと入って行くと、女将の白井智子さんがやさしく迎えてくれる。座敷で「水だき」の世話を担当するヒロちゃんは走ることが趣味の明るいお姉さんだ。

たまには、「鳥の水だき」で一献いくのもいいものである。「竜田揚げ」もうまい。

池波さんのエッセイ『食卓の情景』（新潮文庫）に書かれている「新三浦」は祇園の店だが、今は閉店しているとか。

新三浦

鳥水だき 新三浦 京都市中京区木屋町通御池上ル上樵木町491

ちょっとぶらぶら

「寺町通」を歩く

全長約4・6km

「寺町通」は、平安京の「東京極《ひがしきょうごく》大路」に相当する。北は「鞍馬口通」から南は「五条通」まで続いている。文字通り寺の多い通りで、八十余りの寺院があるとか。

北側の「鞍馬口通」から入って、「五条通」まで歩いてみた。

「賀茂川（鴨川）」にも近く落ち着いた通りで、寺は通りの東側に多くある。織田信長の墓がある「阿弥陀寺」や紫式部の邸宅址のある「盧山寺」などもこの通りにある。

「今出川通」との交差点北東角には写真のような「大原口」の石の道標があり、ここからしばらくは「京都御苑」の東側を通る。

「丸太町通」を越えると、通りの左右には京都らしい店舗が並び、観光客が目につくようになる。

少し南へ行くと、左手に「行願寺」（革堂）という寺がある。この辺りで「竹屋町通」と変則交差するが、「新竹屋町」には、長谷川平蔵愛用の銀煙管の作者・後藤兵左衛門の家があったはずである。原作者の池波さんは、名作と言われる第六巻・第五話「大川の隠居」で、思案橋たもとの船宿「加賀や」の船頭・友五郎と共に、この「銀煙管」を主役に

大原口道標（北面）

抜擢している。原作には、亡父・長谷川宣雄が京都西町奉行在任中に、十五両をかけて、煙管師・後藤兵左衛門に作らせたものだと書かれている。池波さんは、この後藤兵左衛門を、『京都買物獨案内』から引用している。詳細は、拙著『小さな旅「鬼平犯科帳」ゆかりの地を訪ねて』第2部を参照されたし。

さらに南へ進む。

「御池通」を越えると、にぎやかな商店の連なる「アーケー

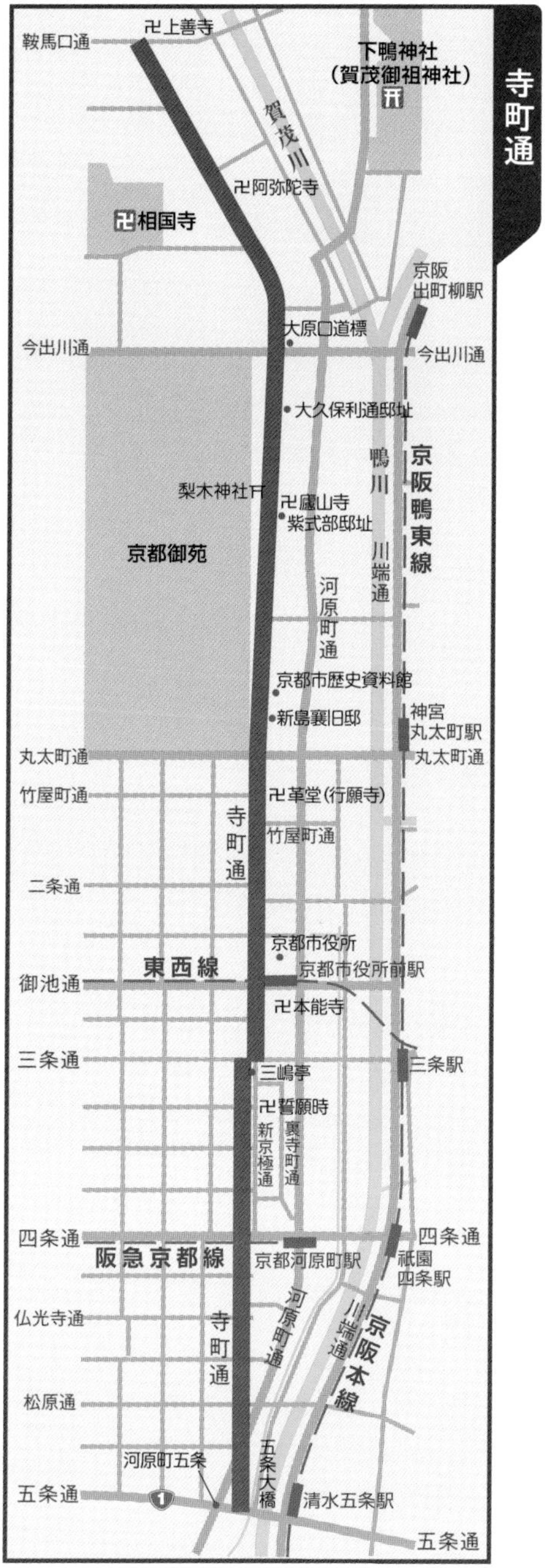

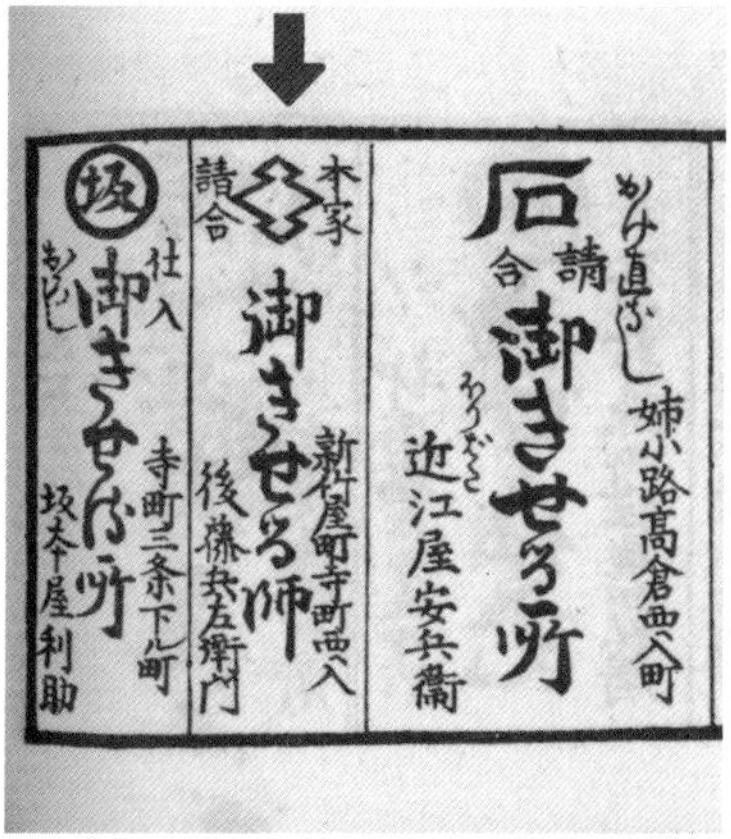

『京都買物獨案内』
煙管師・後藤兵左衛門

ド街」へ入って行く。池波さんも訪れたという「すき焼三嶋亭」の前の通りを進むと「寺町京極」の商店街へと続く。

「錦市場」の小路を越えると「四条通」だ。

にぎやかな「寺町通」はこの辺までで、「四条通」を越えるとだんだん人影も少なくなり、いつもの京都の裏路地になってしまう。

「河原町通」を斜めに越えて進むと、すぐに「五条通」へ突き当たる。「寺町通」の南端である。

京都散策には格好の通りだ。所要時間約1時間30分。

ちょっとぶらぶら

「今出川通」を歩く

全長約7・0km

「今出川通」は、東は「銀閣寺」門前から西は京福北野線等持院1号踏切の北まで、洛中を東西に走る全長約7kmの道路である。その昔、「北小路通」とも呼ばれていたが、現在は、京都大学や同志社大学を左右に見る学生通りとなっている。

「艶婦の毒」で舞台となる「北野天満宮」は、この通りの西端近くにある。

銀閣寺山門から「今出川通」を西へ歩いてみた。参道を下り、「銀閣寺橋」を渡って西へ進み、「白川通」を越えてさらに西へ進む。

右手に、「子安観世音」、「京大農学部グランド」、「後二條天皇北白川陵」を見ながら京大キャンパスの間を進む。

右側に「知恩寺」を見て「東大路通」を越えて行くと、「川端通」と京阪電鉄の「出町柳駅」である。少し西へ行くと「賀茂大橋」で、「賀茂川」と「高野川」の合流部分の三角州（鴨川デルタ）を見ることができる。

「河原町通」を越えると間もなく「寺町通」との交差点で、北東の角に「大原口」の石の道標がある。

右手に同志社大学のキャンパス、左手に「京都御苑」を見て、さらに西へ進む。「烏丸通」「堀川通」「千本通」を越えて道なりに進むと、やがて、右側に「北野天満宮」の一の鳥居が見えてくる。

「北野天満宮」前を少し西へ行くと、「紙屋川」（天神川）で、「西大路通」を越えると、左角に「嵐電北野線」の「北野白梅町駅」がある。

左手の線路に沿って西へ進むと、道は狭くなり住宅街へ入る。

次の「等持院駅」を過ぎた「1号踏切」の北側で「今出川

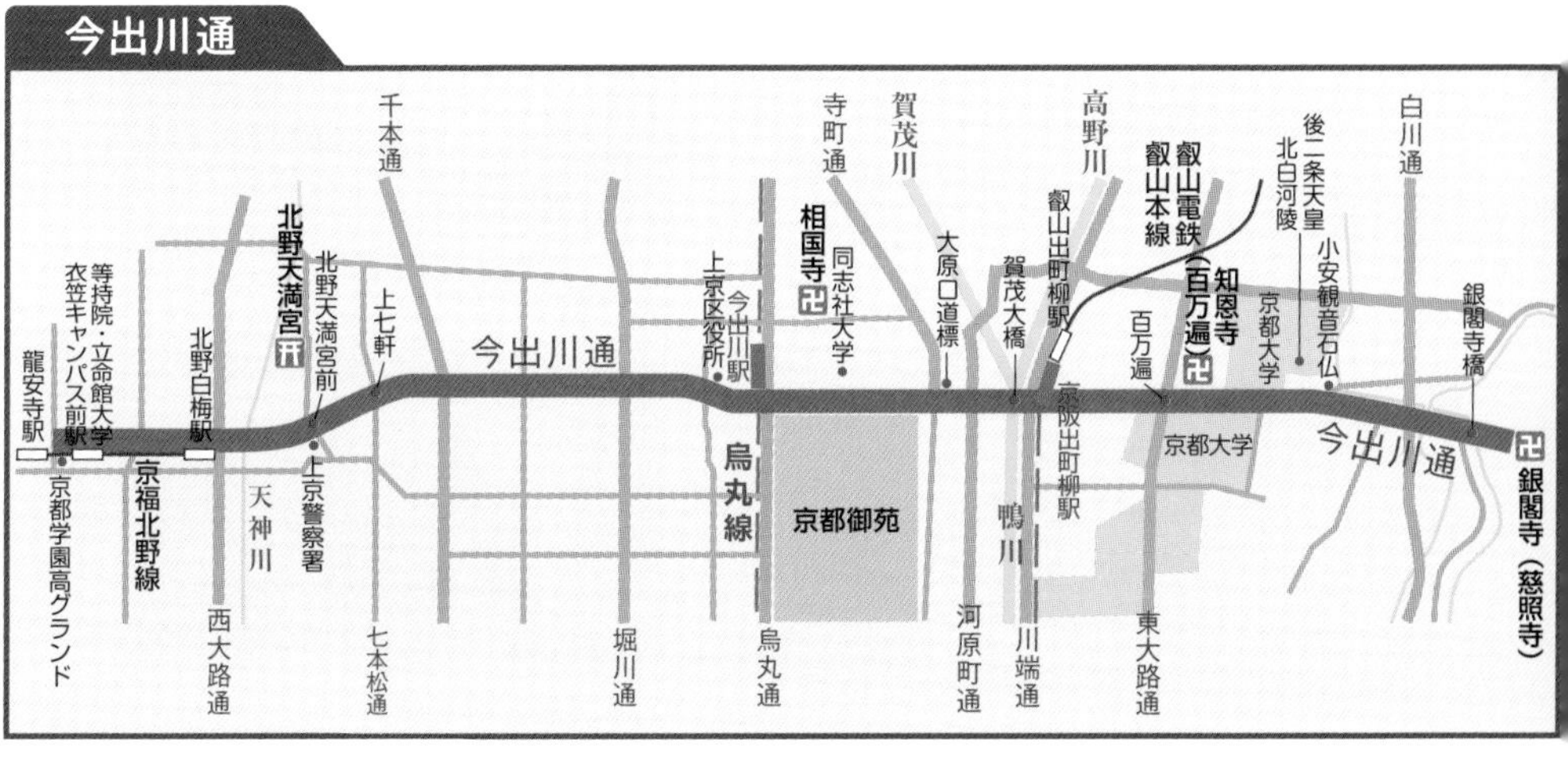

通」は突き当たって終わっている。線路の反対側には「京都学園グランド」がある。

途中休憩を入れて、約2時間30分の行程である。

帰りは、一駅先の「龍安寺駅」から「嵐電」に乗って「北野白梅町駅」に戻った。

銀閣寺山門

鴨川デルタ

大原口道標（東面）

長谷川平蔵が、女賊〝お豊〟を尾行する……

解説

「北野天満宮」境内を木村忠吾と連れ立って歩く年増女は、まさしく女賊〝お豊〟であった。

二十数年前、長谷川平蔵が亡き父・宣雄に従って京へ移り住んだとき、若き平蔵とは、少なからぬ因縁のあった女である。

忠吾と〝お豊〟は、「北野天満宮」うらにある「紙屋川《かみやがわ》」の流れに沿った風雅な料亭「紙庵《しあん》」へ入って行く。これを見とどけた平蔵も、奥庭に面した小部屋へ入り、二人を見張ることにした。

やがて、〝お豊〟が料亭を出てくる。

〝お豊〟は、いま、釜座下立売上ルところにある絵具屋「柏屋」へ後妻に入り、盗賊・虫栗の権十郎一味の引き込み役をつとめていた。

原作に、「堀川沿いの東の道を行く〝お豊〟と、すこしはなれてこれをつけて行く平蔵を、西がわの道を来かかった浪人ふうの男……」という記述がある。

そこで、原作の舞台に沿って歩いてみることにした。

重要地点

紙庵

忠吾と〝お豊〟が、逢引きのため入った「紙庵」という料亭は、原作には、「北野天満宮のうらにあって、紙屋川沿いのこんもりとした木立につつまれた風雅な料亭」となっている。

改めて、原作の舞台を訪ねてみた。

拙著『小さな旅「鬼平犯科帳」ゆかりの地を訪ねて』第一部（小学館スクウェア）に記したように、紙屋川沿いの桜橋の東詰北側に、十年前に訪れた時よりも、さらに寂れた「料亭風の家」が残っていた。

ところが、今回、この家の玄関には、「売り物件」の札が掛けられていた。さっそく、不動産屋を探し当て訊いてみると、この家は、「長らく空き家になっていたが、その昔、七軒町の花街をバックにした料理屋だった」と言う。そんなわけで、今回の取材で、「紙庵」のモデルは、桜橋ぎわにある寂れ果てた「料亭風の家」であることを再確認する。

また、『都名所図会』の「平野社」の項に、紙屋川に架かる橋（桜橋）

都名所図会／平野社（部分）右端：紙屋川と料理屋

の東詰北側に「料理屋」という表示がある。原作者の池波さんは、この辺をヒントに現地を訪れ、この「料亭風の家」から「紙庵」をイメージにしたのではないだろうか……。

行程の概要

桜橋「紙庵」～釜座下立売通・京都府庁　地図F

❶そんなわけで、「桜橋」を出発地点として、〝お豊〟を尾行することにした。「桜橋」は、紙屋川に架かる橋として『京町絵図細見大成』（天保二年）にも描かれている。

次に、「紙屋川両岸の道」だが、古地図では、紙屋川の東側は御土居となっており、西側の詳細は不明である。これも池波さんの創作によるものと思われる。現在の「紙屋川」（天神川）は、底の深い狭い川筋となっていて、切り立った岸辺すれすれに住宅が建ち、川の両岸には道はなく、歩くことができない。

❷だから、原作の舞台とは少しずれているが、「下立売通」まで「紙屋川」沿いの岸辺を歩いているつもりで、地図のように「平野通」を南下して「西大路通」を経由し、「下立売通」へ入ることにした。

❸「西大路通」を南へ行き、「だるま寺」の標識がある十字路を左折して「下立売通」に入る。

桜橋たもとの料亭風の家（現在は更地）

❹紙屋川（天神川）に架かる「下立売橋」を渡って東へ進み、「千本通」を越えてさらに行くと、左側に「山中油店」の古い建物が見えてくる。

❺「堀川通」を越え、「堀川第二橋」を渡って進むと、間もなく左手に「京都府庁」の重厚な建物が見えてくる。

「京都府庁」前から南へ延びる広い通りが「釜座通」で、池波さんは、〝お豊〟が後妻に入った絵具屋「柏屋」を「釜座下立売上ル」ところ、すなわち、「京都府庁」に設定した。

「北野天満宮」から約1時間30分の行程である。

絵具屋「柏屋」へ入って行く〝お豊〟を確認した長谷川平蔵は、この後、「三条白川橋」近くの旅籠「津国屋」へ帰って行く。

ちょっとぶらぶら

「下立売通」を歩く

全長約3・3km

「下立売通」は、平安京の「勘解由小路《かげゆ》」にあたる。東は「烏丸通」から始まり、西は花園木辻南町で「丸太町通」に合流する。全長約3・3kmで、京都市のほぼ中央部、「京都府庁」前を東西に走る道路である。「烏丸通」から「堀川通」までは官公庁が建ち並び、京都府の中心地となっているが、「堀川通」から西の「下立売通」は、一般の住宅や

山中油店

京都府庁

地図F
北
西
東
南
0
500m
平野神社
1 紙庵
北野天満宮
千本釈迦堂
上京区
中京区
西大路通
京福電鉄北野線
山陰本線（嵯峨野線）
今出川通
上立売通
一条通
中立売通
下立売通
丸太町通
千本通
堀川通
烏丸通
烏丸線
晴明神社
大将軍八神社
北野会館（上七軒歌舞練場）
西陣織会館
京都市考古資料館
聚楽第跡
山中油店
伊藤仁斎邸跡
京都府庁
京都守護職屋敷跡
大極殿遺址碑
中央図書館
京都所司代跡
裏千家今日庵
足利将軍室町殿跡
上京区役所
2
3
4
5
きたのはくばいちょう
えんまち
まるたまち

下立売通

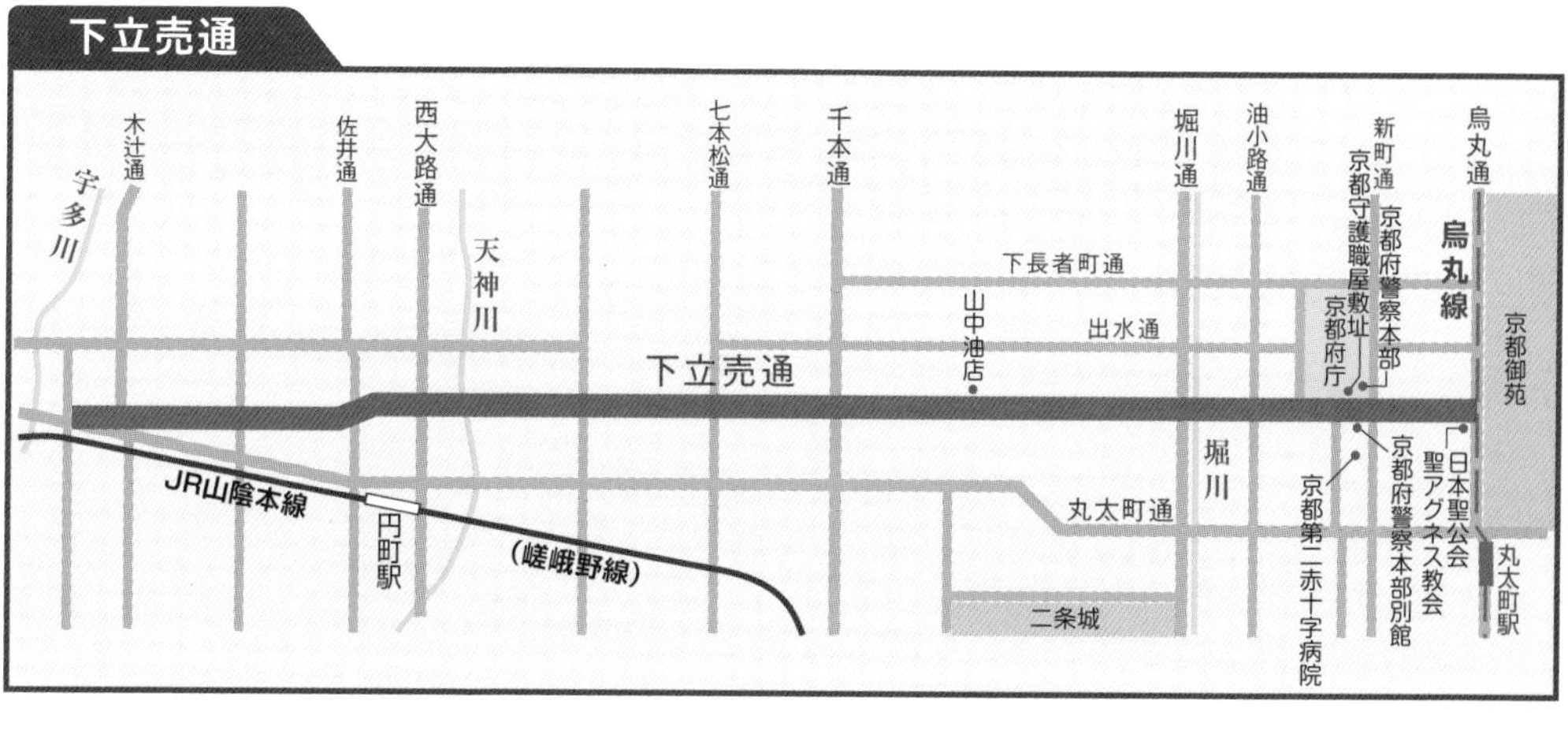
木辻通
宇多川
佐井通
西大路通
天神川
七本松通
千本通
堀川通
油小路通
新町通
烏丸通
烏丸線
京都御苑
下長者町通
出水通
下立売通
丸太町通
山中油店
京都守護職屋敷址
京都府警察本部
京都府庁
堀川
京都府警察本部別館
京都第二赤十字病院
「日本聖公会聖アグネス教会」
丸太町駅
JR山陰本線
（嵯峨野線）
円町駅
二条城

京町家風の民家、店舗、寺院の混在した何の変哲もない京都の裏路地となっている。所要時間約1時間。

ここで一言

旅籠「津国屋」、料亭「俵駒」、絵具屋「柏屋」

「艶婦の毒」には、いろいろな店舗や神社仏閣、地名が登場してくる。

このうち、「華光寺」「北野天満宮」「紙屋川」「真葛ヶ原」「長州屋敷」「鳴海の宿」料理茶屋「五分五厘屋」絵具問屋「松屋」「東寺」「京都西町奉行所」は、どれも現存するものか、かつては実際に存在したものである。

ところが、話の中で最も重要な役割を果たす、旅籠「津国屋」、料亭「俵駒」、絵具屋「柏屋」は、いずれも、原作者の池波さんが、『京都買物獨案内』を参考に創作したものである。

問題は、これら三つの店が存在する場所である。

「津国屋」は三条白川橋の近くに、料亭「俵駒」は木屋町すじに、絵具屋「柏屋」は釜座下立売上ルところに設定されている。

池波さんは、なぜこのような場所に決めたのだろうか……。

原作の記述に従って、それぞれの場所を訪ねてみると、「津国屋」は、三条白川橋の西詰から石泉院橋の西詰にかけてあり、料亭「俵駒」は、木屋町通の京料理「幾松」あたりが想定され、店の入口に「桂小五郎幾松寓居趾」の石柱がある。絵具屋「柏屋」は「京都府庁舎」の重厚な建物に行き着く。

このように、それぞれの場所には、目印となるものがあり、設定された三つの店の存在地点を具体的に特定することができる。

京都の町を熟知していた池波さんは、「艶婦の毒」の執筆にあたって、読者を十分に意識し、読み手が解りやすい、たどり着きやすい場所を選んだような気がしてならない……。

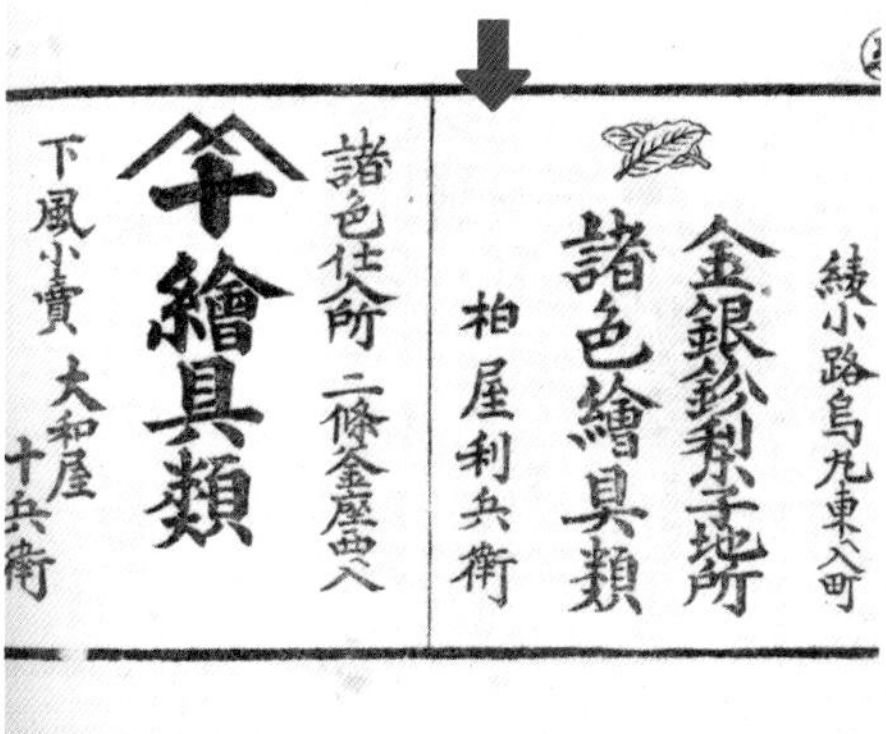

『京都買物獨案内』絵具屋・柏屋

長谷川平蔵が、茶店「千歳」へ行く……

解説

原作に、

「驟雨《しゅうう》がきて、春雷が鳴った。

祇園町のなじみの茶屋を出て、ぶらりと祇園の社《やしろ》（八坂神社）へ立ち寄った平蔵は、あわてて境内を東へぬけ、長楽寺への道の曲り角から木立の中へ入ったところにある小さな茶店へ飛びこみ、雨をさけた。」

というくだりがある。


長谷川平蔵が、亡父・宣雄に従って京都へ移り住んだのが、明和九年（1772年）秋のことで、この時、平蔵二十七歳。

「艶婦の毒」では、妻女の〝久栄〟は懐妊中で、平蔵は、遊び盛りの頃という設定になっている。

翌年の春、平蔵は、初めて〝お豊〟と出会ったのだが、このときの描写が、右の記述である。

文中の「小さな茶店」が「千歳」で、店の主が〝お豊〟である。

ところが、彼女は、虫栗の権十郎配下の女賊で、「千歳」は彼らの盗

八坂神社

人宿であった。何も知らない若き平蔵が、〝お豊〟のとりことなって放蕩の日々を過ごす……。「艶婦の毒」は、二十数年前の、こんな苦い想い出を伏線として物語が始まっている。

そこで、平蔵が雨を避けて茶店「千歳」までたどった道のりを歩いてみることにした。

行程の概要　四条大橋〜長楽寺　地図G

❶出発地点の「祇園町のなじみの茶屋」は特定することができないので、本項では、「四条大橋」からぶらりと散策に出かけてみた。まず、「四条通」を東へ歩き、「大和大路通」を越え、「花見小路」を過ぎて突き当たりの祇園の社（八坂神社）へ入る。この辺は、京都でも有数の観光地、相変わらずの人出だ。

❷本殿に参拝して、東側の鳥居を抜けて「円山公園」へ入る。ゆるい上り坂となっていて、少しずつ視界が開け、木々の緑が目に飛び込んでくる。その昔、この辺一帯を「真葛《まくず》ヶ《が》原《はら》」と言ったそうで、「艶婦の毒」にも登場してくる。正面突き当たりにある「ひょうたん池」のほとりに説明板が立っている。

❸右方向へ歩くと四叉路となっており、これを左へ上って行く。少し進

ひょうたん池と「真葛ヶ原」の説明板

紅葉庵

むと、道は左へカーブして行くが、その曲がり角に「長楽寺」へ続く参道の石段がある。

❹上って行くと突き当たりが「長楽寺」だが、この石段の角に写真のような風雅なつくりの「甘味処・紅葉庵《もみじあん》」がある。まさに、「千歳」のモデルには、ピッタリといった構えだ。

「紅葉庵」の創業は、昭和四十年頃だそうで、「艶婦の毒」が世に出たのが昭和四十四年六月。原作者の池波さんが、茶店「千歳」のモデルに「紅葉庵」を選んだとしても不思議ではない……。

「四条大橋」からここまで、30〜40分の行程である。

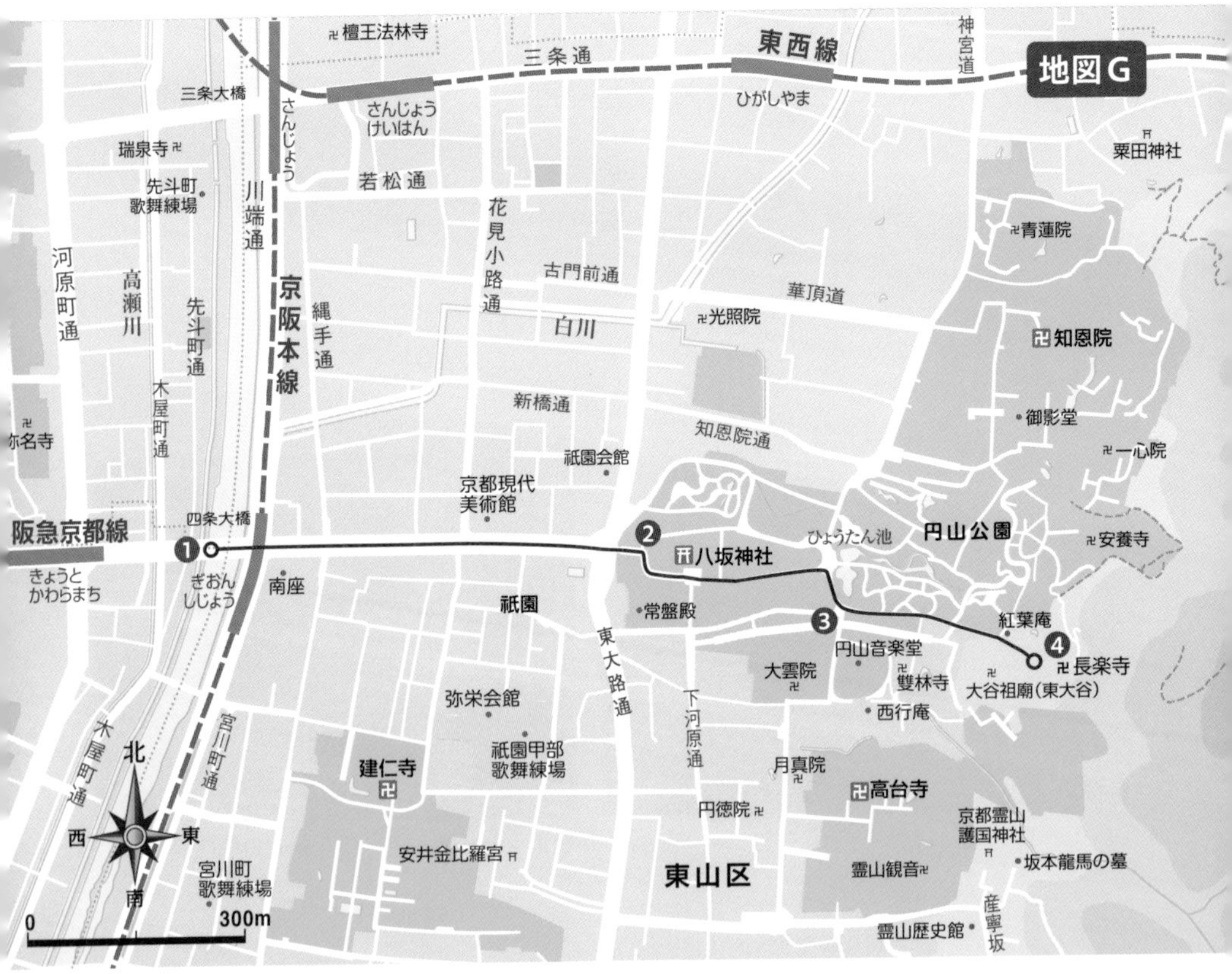

長谷川平蔵が、旅籠「津国屋」へ帰る……

解説

原作では、長谷川平蔵は、二度、〝お豊〟を尾行して、彼女が釜座・下立売上ルところの絵具屋「柏屋」へ入るところを確認している。

一度目は、「北野天満宮」裏の料亭「紙庵」から、紙屋川沿いの道を尾行して、〝お豊〟が「柏屋」へ入るのを見とどけている。二度目は、「木屋町すじ」の料亭「俵駒」から帰って行く〝お豊〟を、反対側の高瀬川西側に葭簀張りの店を出しているうどん屋で見張り、尾行して「柏屋」へ帰って行くのを確認している。この時、平蔵は、〝お豊〟が、「柏屋」の後妻になっていることを突き止めている。

この後、平蔵は、自分の宿泊先である「三条白川橋」近くの旅籠「津国屋」へ帰って行くのだが、「柏屋」が釜座・下立売上ルところ（現在の「京都府庁」あたり）に設定されているので、「釜座通」を南へ下り、「三条通」へ出てこれを東へ行き、「三条白川橋」近くの旅籠「津国屋」へ帰る行程をとるのが順当な道のりと判断した。

こうすることによって、後述する《三条白川橋周辺を歩く》の描写を、うまく説明することができる。

そこで、「釜座・下立売上ル」ところにある「京都府庁」を、「柏屋」に見立て、ここから「三条白川橋」の「津国屋」まで歩いてみることにした。

行程の概要　京都府庁～三条白川橋　地図H

❶「釜座通」は、「京都府庁」前の「下立売通」から「三条通」まで南北に延びる1・2㎞の道路で、「新町通」と「西洞院通」の中間に位置する。この通りの歴史的な変遷については、ものの本に譲るとして、現在の「釜座通」は、京町家風の民家と普通の住宅、商店が混在した変哲もない京都の裏路地となっている。
❷南へしばらく歩くと、右側に「こぬか薬師」の社があり、まもなく、道は突き当たって少々左へ行き、再び南へ行くようになっている。
❸「御池通」では、直接渡ることができないので、左右の信号を使って反対側へ渡り、再び、「釜座通」へ入って南へ進む。やがて、道は「三条通」へ突き当たって終わっている。
❹ここに、「釜座通」の語源となる「御釜師・大西清右衛門美術館」がある。ここまで約30分の行程だ。

御釜師・大西清右衛門美術館

こぬか薬師

❺ここを左折して「三条通」へ入り、東へ行くことにする。「三条通」は、商店も人も多くなる。「烏丸通」を越え、「京都文化博物館」を左に見て、左右の町並みをキョロキョロ眺めて進むと、やがて、「寺町通」と交差する。右手に原作者の池波さんも通ったという「すき焼三嶋亭」があり、間もなく、アーケード街の「三条名店街」へ入る。出口近く左側にある「みすや針」の店を確認する。この店の十七代目の御主人・福井光司さんには、拙著『鬼平犯科帳細見』の取材でお世話になっている。

❻「河原町通」を越え、「三条小橋」を渡って「木屋町通」を過ぎるとすぐに「三条大橋」である。「川端通」を越え、「東大路通」を越えると間もなく目的地「三条白川橋」である。

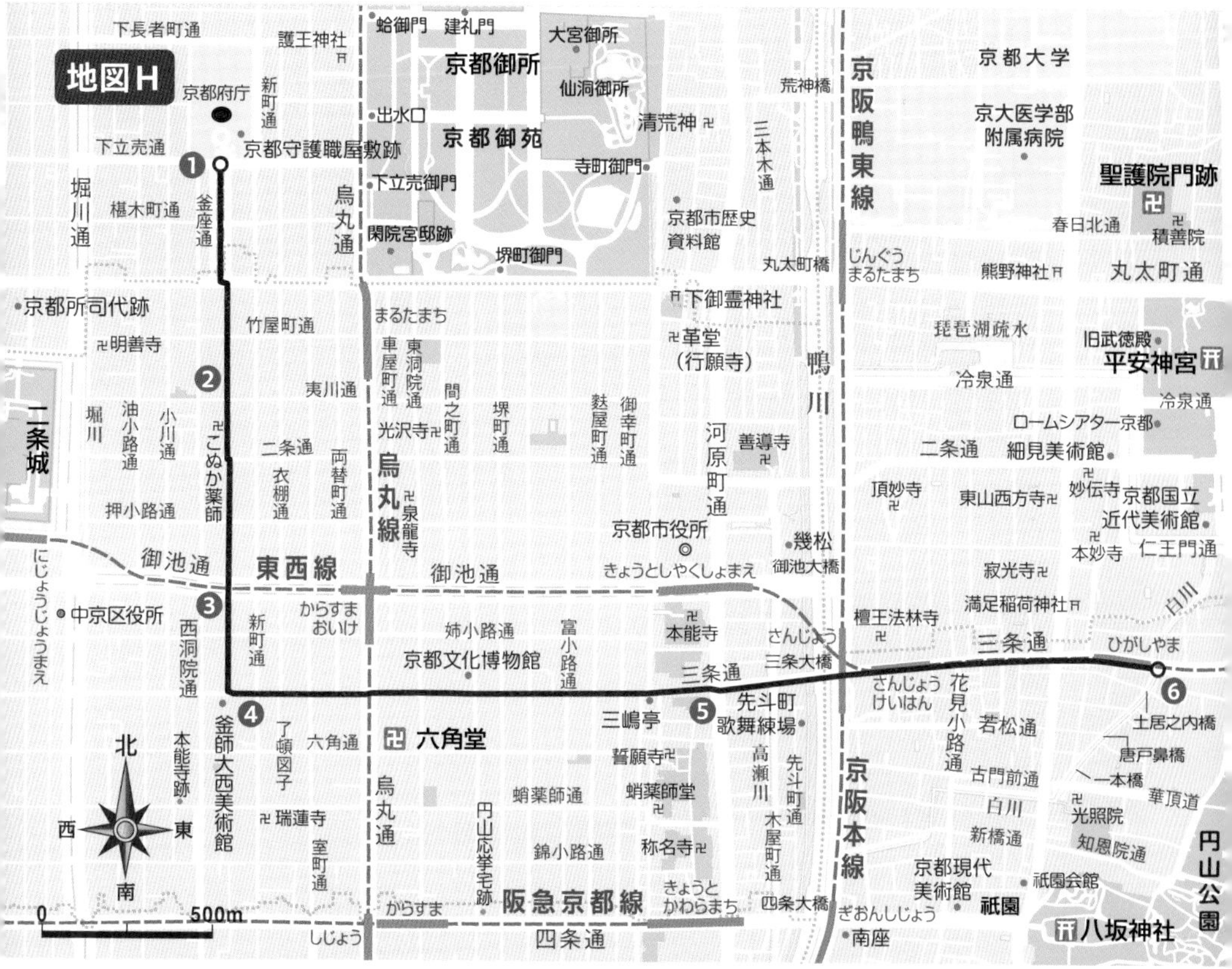

旅籠「津国屋」は「三条白川橋」の西詰北側に設定されていて、原作では、長谷川平蔵は、白川橋の手前の小路を左へ切れこんだところで、四人の殺し屋に襲われている。

絵具屋「柏屋」（京都府庁）から旅籠「津国屋」まで約1時間30分の行程。

「三条白川橋」周辺を歩く……

解説

原作に、平蔵が、女賊〝お豊〟の家を突き止めて「津国屋」へ帰る途中、盗賊・虫栗の権十郎配下の四人の殺し屋に襲われる記述がある。

「平蔵は、白川橋の手前の小路を左へ切れこんだ。両側も突き当りも浅い竹藪で、町家の灯もちらちらと見える。突き当って右へまがれば津国屋の内玄関であった……」と、書かれていて、「三条通」と「三条白川橋」、「津国屋」との位置関係が記されている。

現在の地図で、この「三条白川橋」周辺を確認してみると、右の描写が鮮明に再現でき、「津国屋」は、「白川橋」の西詰から「石泉院橋」西

石泉院橋

詰にかけてあったものと推定される。

筆者は、取材で何度か、この「三条白川橋」周辺に来るようになり、白川の流れと柳の緑、落ち着いた街並みにすっかり魅了されてしまった。原作者の池波さんもお好みの場所だったとか。

そこで、「三条白川橋」から「知恩院」を経て、「円山公園」「八坂神社」「長楽寺」へ、散策の足を延ばしてみた。

行程の概要　三条白川橋〜長楽寺　地図1

❶「三条通」に架かる「三条白川橋」から「白川すじ」を南へ歩くと、きれいな水の流れと柳の緑、落ち着いた町家の佇まいに京都を感じる。「土居ノ内橋」をすぎると名前のない石橋があり、次が「唐戸鼻橋」でその次が「一本橋」となっている。この橋は、細い一本の石橋で、土地の人が生活のために架けた名もない橋と思いきや、「古川町橋」「行者橋」「阿闍梨橋」「タヌキ橋」と、五つも名前を持つ由緒ある橋だ。池波さんが、この橋の上で写っている写真を拝見したことがあるが、お好みの橋のようだ。

❷「白川すじ」を道なりに南へ下ると「東大路通」へ出る。ここを左折して、「白川」に架かる「菊屋橋」を渡り少し行くと、「知恩院」正面

一本橋

知恩院新門

の参道入り口である。左折して「新門」をくぐり、ゆるやかな上り坂となっている参道を進み、石段を上ると本堂がある。

❸「南門」を出ると、「円山公園」だ。急に視界が開け、いちめん桜の木である。

❹公園の中を道なりに進む。「ひょうたん池」を左手に見て、右へ行くと「八坂神社」の境内へ続き、直進して池の角の四叉路を左へ登って行くと「長楽寺」である。この辺まで来ると、人影もまばらとなり、「長楽寺」の参道へ続く石段を上る左角には風雅な茶店「紅葉庵」がある。筆者が、「艶婦の毒」に登場する茶店「千歳」のモデルと考えている店である。

全行程、1時間ぐらいの散策コースである。《『鬼平犯科帳』ゆかりの地》を訪ねながら落ち着いた京都を満喫できる散歩道である。

祇園饅頭工場

ひとやすみ

和菓子の店「祇園饅頭」の工場

文政二年創業の「祇園饅頭」の店は、四条の「南座」入口の隣にある。工場は、地下鉄東西線「東山駅」一番出口を出て東へ行き、一本目の路地を左へ入るとすぐ右側にある。すなわち、長谷川平蔵が、〝お豊〟を尾行して帰るとき、四人の殺し屋に襲われた路地である。普通の民家の勝手口のような店頭で、ごく小規模に和菓子を販売もしている。

「祇園饅頭」の名物は、米の粉でつくられた「志んこ」という京菓子だが、筆者は、ここの「三色おはぎ」が好物で、この辺に来ると買い求めることにしている。

祇園饅頭工場　京都市東山区大井手町１０３

月

もうひとやすみ

ステーキの店「京中　月（にくづき）」

「三条白川橋」から「白川すじ」の西岸を南へ下り、数分行くと、「一本橋」の西詰に小さいながら落ち着いたステーキの店「月」がある。

偶然、見つけた店だが、以来、機会があると、ときどき訪れることにしている。

静かな店内で、白川の流れと柳の緑を眺めながら食べるステーキの味は、なかなかのものである。

京中　月　京都市東山区稲荷町北組５７３

その三 「兇《きょう》剣《けん》」を歩く

主な登場人物

浦部彦太郎
京都西町奉行所の与力

およね
高津の玄丹が経営する船宿「出雲屋」の女中

高津の玄丹
大坂の香具師の元締めで、盗賊の首領

大河内一平
高津の玄丹配下の刺客

あらすじ

長谷川平蔵は、今回の上洛を機に、京都西町奉行・三浦伊勢守《みうらいせのかみ》のすすめもあり、奈良見物に出かけることにした。出発までの間、平蔵は、木村忠吾を連れて京都の北西にある「愛宕神社」へ参詣する。

ところが、嵯峨野で、殺し屋に追われている〝およね〟という娘を助けたことから、またまた、兇悪な事件に巻き込まれてしまう。平蔵は、西町奉行所与力・浦部彦太郎と忠吾を供に、〝およね〟を連れて奈良へ旅立つ。

一方、秘密を知られた大坂の香具師の元締めで盗賊の高津《こうづ》の玄丹《げんたん》は、組織防衛のため、〝およね〟と彼女を連れ歩く長谷川平蔵一行を暗殺せんと総力を挙げて追う……。

寛政五年春の出来事である。

解説

本項では、「兇剣」に登場する、次の三つの行程について訪ね歩いてみた。

一、長谷川平蔵と木村忠吾が「愛宕神社」参詣を終えて山を下り、「愛宕街道」を「嵯峨野の清涼寺」まで行く行程

一、高津の玄丹配下の猫鳥《ねこどり》の伝五郎《でんごろう》と白狐《びゃっこ》の谷松《たにまつ》が、浦部彦太郎と忠吾を尾行して、「二条城西外濠」から「三条白川橋」近くの旅籠「津国屋」まで行く道のり

一、長谷川平蔵一行が「三条白川橋」そばの「津国屋」から「石清水八幡宮」、「祝園《ほうその》」を経て奈良へ旅する行程である

長谷川平蔵と木村忠吾が、京都の「嵯峨野」を行く……

解説

「兇剣」の書き出しは、長谷川平蔵と木村忠吾が、奈良へ旅立つまでの

あい間に、京都の北西にある「愛宕神社」へ参詣するところから始まっている。

二人は、神社に一泊して山を下り、一の鳥居ぎわにある茶屋「平野や」でしこたま飲み喰い、「愛宕街道」を南へ行く。途中、菜の花畑で昼寝をし、すっかり満足したところで嵯峨の「釈迦堂・清凉寺」へ向かって再び歩き出す。

ここで、この話の発端となる事件が起きる。

殺し屋に追われている若い娘〝およね〟を助け、保護したことから、大坂の香具師の元締で盗賊・高津の玄丹から付け狙われる羽目になる……。

原作者の池波さんは、「兇剣」の冒頭、「愛宕街道」を舞台に展開するエピソードで話をスタートさせている。

そこで、本項では、長谷川平蔵と忠吾が、「愛宕山」を下りて茶屋「平野や」で休憩し、嵯峨野の「清凉寺」へ行く行程を歩いてみたわけである。

愛宕神社一の鳥居と平野屋

重要地点

茶屋「平野や」

原作に登場する「一ノ鳥居ぎわの、わら屋根の風雅な茶屋〈平野や〉」は、現在もある。

四百年の歴史がある古い店で、『鬼平犯科帳』に登場する実名の店で唯一残っているのがこの「平野屋」だ。

何度か取材の途中に寄ったことがあるが、一昨年の冬に出かけたときは、「ぼたん鍋」で一杯やった。その時、「熊の肉が手に入ったので……」と出してくれたが、恐るおそる食べたのを覚えている。

十四代目の女将の井上典子さんは、「今でも時々、鬼平ファンが訪ねて来る」という。

とにかく、写真うつりのいいところだ。

行程の概要　愛宕神社二の鳥居〜嵯峨釈迦堂（清凉寺）　地図J

「愛宕街道」は、「愛宕神社」への参詣道である。

長谷川平蔵と木村忠吾が山頂の神社に参拝したように、当初、筆者も「愛宕山」に登り、神社に参拝するところから書き始めるつもり

愛宕神社二の鳥居

地図 J
愛宕山
924m
愛宕神社
月輪寺
空也滝
表参道
堂承川
清滝川
東海自然歩道
嵐山高雄パークウェイ
菖蒲谷池
高山寺
周山街道
西明寺
神護寺
ケーブル址
二の鳥居
嵯峨清滝
渡猿橋
1
試峠
清滝トンネル
2
愛宕念仏寺
一の鳥居
鳥居本大はら
平野屋
化野念仏寺
3
4
大覚寺
観空寺
博物館
さがの人形の家
清凉寺
(嵯峨釈迦堂)
檀林寺
證安院
祇王寺
滝口寺
厭離庵
二尊院
宝筐院
去来の墓
落柿舎
瀬戸川
丸太町通
嵯峨野観光鉄道
トロッコほづきょう
ほづきょう
保津峡
小倉山
JR山陰本線(嵯峨野線)
さがあらしやま
法然寺
トロッコさが
野宮神社
トロッコあらしやま
桂川(保津川)
天龍寺
けいふくあらしやま
北
西
東
南
嵐山
渡月橋
0
1000m

だったが、体力が十分でないと判断し省略させていただいた。

そこで、平蔵と忠吾が、山を下りて来たところから「愛宕街道」を南へたどってみることにした。

❶そんなわけで、山のふもとの登山道の入口にある「愛宕神社」の「二の鳥居」で、山頂の神社に向かって手を合わせ、言い訳のように、「今日の道中の無事」を祈って出発した。

「愛宕街道」を南へ行く。

京都もここまで来ると、まさに郊外だ。人も車も少なく快適な散歩道である。池波さんは原作に、「嵐気にひたりつつ……」と書いて、春の山間の空気を満喫している様を表現している。

❷「清滝川」を渡り、狭くて暗い「清滝隧道」をくぐって「試坂《こころみざか》」を越えると、間もなく前方に「一の鳥居」が見えてくる。鳥居の右わきにある藁屋根の風雅な茶店が「平野屋」である。

原作通り、ここで休憩し再び「愛宕街道」へ戻り、南へ向かった。

❸道はゆるい下り坂で、右手に「化野《あだしの》・念仏寺」を見て道なりに進み、信号のある十字路を右へ行く。

しばらく行くと、道の左側に写真のような菜の花畑が目にとまる。現在は、宅地造成がすすみ、景観がすっかり変わってしまったが、その

清滝川

菜の花畑

昔、この辺一帯は、一面の「菜の花畑」だったとか。

❹さらに進むと、右側に「嵯峨釈迦堂」（清凉寺）が見えてくる。茶屋「平野屋」で休憩しても、1時間30分位の「愛宕街道」の散歩道である。

猫鳥の伝五郎と白狐の谷松が、浦部彦太郎と木村忠吾を尾行する……

解説

原作に、木村忠吾が、二条城・西外濠の西町奉行所の組屋敷へ与力の浦部彦太郎を訪ね、二人が揃って三条白川橋の旅籠「津国屋」へ戻って行く場面がある。

二人は、「押小路通《おしこうじどおり》」を通って、「津国屋」へ行くわけだが、「高倉通《たかくらどおり》」と交差するあたりで、大坂の香具師の元締・高津の玄丹配下の猫鳥の伝五郎に見つけられて尾行される。

伝五郎は、嵯峨野で、〝およね〟を殺害しようと追っていた男だ。

この後、二人がどのようなコースを通って「津国屋」へ戻ったかは原作には書かれていない。そこで、「押小路通」をさらに東へ行き、「木屋

西町奉行所跡石碑

清凉寺　仁王門

町通」から「三条通」を経由して白川橋近くの「津国屋」へ帰ったものと判断し、「押小路通」を歩いてみることにした。

行程の概要　「西町奉行所跡」〜三条白川橋　地図K

❶「二条城西濠」にある「中京《なかぎょう》中学校」の西側の塀際に建つ「西町奉行所跡」の石碑を出発地点とした。ここは、「千本通」と「押小路通」との交差部で「押小路通」の西端にあたる。
「中京中学校」の南側の塀に沿って歩くと、間もなく「二条城」の南西の角へ出る。さらに、二条城に沿って「押小路通」を東へ進むと間もなく「堀川通」へ出る。

❷直接渡れないので迂回して「押小路橋」を渡って、再び、「押小路通」へもどる。通りは狭くなり、京町家風の家が所々に散見される変哲のない裏路地となる。

❸「烏丸通」を信号で越えて東へ進むと、やがて「高倉通」との交差部へ出る。右角に「初音湯」という銭湯がある。この辺で、忠吾と浦部彦太郎は猫鳥の伝五郎に目撃されたわけである。
さらに、東へ進む。

❹「寺町通」を越え、京都市役所の庁舎の間を抜けると「河原町通」で、

初音湯

二条城の南西角

これを越えて「ホテルオークラ京都」の裏手にあたる細い路地を行く。「高瀬川」に架かる「押小路橋」を渡ると「木屋町通」へ突き当たる。

❺この後二人は、「木屋町通」を右折して南へ行き、「三条通」を左折して「三条白川橋」へ帰り着いたと思われる。

「押小路通」は、平安京の「押小路」で、東は「木屋町通」から西は「千本通」まで、「二条通」と「御池通」の間を東西に走る全長約2・6kmの道路である。

長谷川平蔵一行が、奈良へ行く……

解説

長谷川平蔵は、嵯峨野で助けた〝およね〟を連れて奈良へ旅立つことにする。供をするのは、京都西町奉行所与力・浦部彦太郎と木村忠吾である、

四人は、「三条白川橋」近くの旅籠「津国屋」を出発、京都の町を南下して「伏見」を通り、第一日目の夜は「石清水

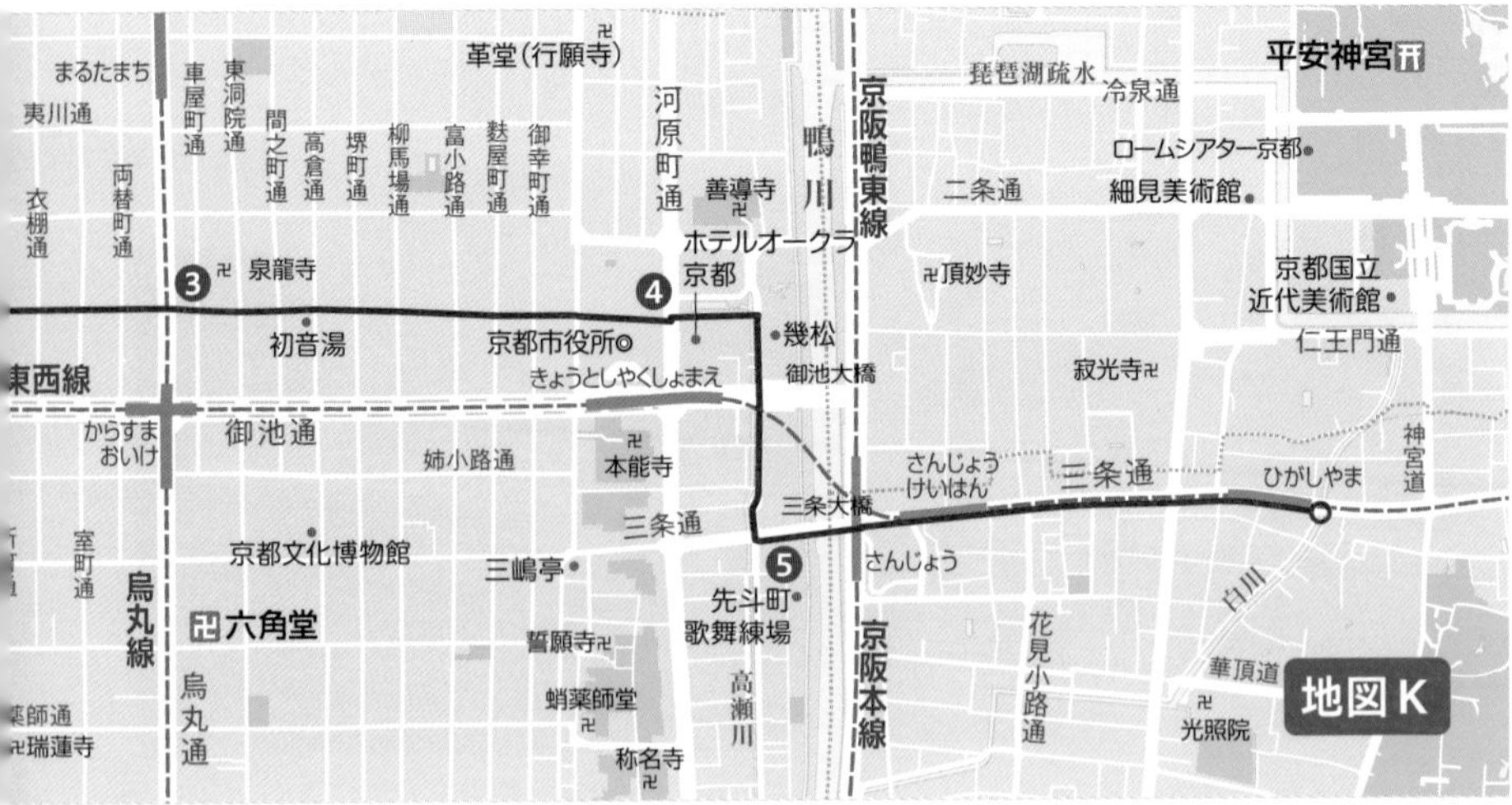

八幡宮」の宿坊に泊まる。

翌日、さらに、南へ進み、「旧郡山街道」を通って「祝園の常念寺」に行き、ここに一泊する。次の日、長谷川平蔵は、忠吾と〝およね〟を「常念寺」に残し、浦部彦太郎と共に「歌姫越え」に奈良へ入る。尚も、南下して奈良の町を通過、「上街道」を通って「大和の大泉」（現：奈良県桜井市大泉）を目指す。

「大和の大泉」は、〝およね〟の故郷であり、大坂の香具師の元締で盗賊・高津の玄丹が狙いをつけた大庄屋・渡辺喜左衛門の屋敷がある。

途中、平蔵と浦部が、「柳本の半里手前」までやって来た時、玄丹が放った十三人の刺客が二人を襲ってくる……。

長谷川平蔵一行が奈良へ旅する道中を描いた「兇剣」は、読みごたえ十分、歩きごたえも十分である。「三条白川橋」から「大和の大泉」まで二泊三日、距離およそ72㎞の旅である。地図L

筆者は、今回の『鬼平、京へ行く』の執筆にあたって、二度、「三条白川橋」から奈良の「桜井市大泉」まで歩いてみ

押小路橋（高瀬川）

「兇剣」全行程地図
第一日目▶地図M
第二日目▶地図N
第三日目▶地図P
地図L
京都市
京都府
琵琶湖
おおつきょう
大津市
草津市
くさつ
滋賀県
栗東市
おおつ
いしやま
せた
(琵琶湖線)
名神高速道路
東海道新幹線
いしやまでら
瀬田川
京滋バイパス
宇治市
宇治川
鴨川
桂川
あらしやま
やましな
かつら
きょうと
いなり
向日市
長岡京市
なかしょじま
ちゅうしょじま
京阪本線
京阪宇治線
こはた
おうばく
うじ
よど
大山崎町
やまざき
島本町
久御山町
近鉄京都線
しまもと
新名神高速道路
八幡市
第二京阪道路
新名神高速道路
じょうよう
城陽市
ながいけ
宇治田原町
名神高速道路
(JR京都線)
東海道本線
高槻市
たかつき
淀川
阪急京都線
茨木市
いばらき
まついやまて
きょうたなべ
京田辺市
やまおだに
山城町
井手町
たまみず
片町線
(学研都市線)
どうししゃまえ
JRみやまき
しもこま
京奈和自動車道
精華町
ほうその
たなくら
奈良線
枚方市
交野市
つだ
京阪交野線
摂津市
寝屋川市
きさいち
ほしだ
守口市
ねやがわこうえん
しのぶがおか
京阪本線
門真市
しじょうなわて
四條畷市
のざき
大阪府
大東市
はなてん
近畿自動車道
大阪市
東大阪市
かみこま
かも
木津
にしきづ
きづ
木津川
関西本線
かさぎ
おおかわら
がうけんならとみがおか
近鉄けいはんな線
いこま
近鉄奈良線
ならやま
奈良奥山ドライブウェイ
第二阪奈道路
なら
きょうばて
奈良市
生駒市
信貴生駒スカイライン
大和郡山市
こおりやま
おびとけ
桜井線
奈良県
北
南
西
東
八尾市
やお
平群町
近鉄生駒線
関西本線
(大和路線)
斑鳩町
やまとこいずみ
いちのもと
三郷町
安堵町
名阪国道
おうじ
ほうりゅうじ
川西町
てんり
天理市
関西本線
(大和路線)
柏原市
かしわら
藤井寺市
王寺町
大和川
ひらはた
河合町
近鉄橿原線
三宅町
ながら
0
10km
西名阪自動車道
近鉄田原本線
香芝市
上牧町
たわらもと
田原本町
やなぎもと
羽曳野市
かしば
まきむく
桜井市
近鉄大阪線
宇陀市
近鉄南大阪線
広陵町
JRごいどう
みわ
はせでら
太子町
南阪奈道路
たかだ
やまとやぎ
さくらい
かぐやま
葛城市
うねび
橿原市

た。なにしろ、72kmの道のり。その当時とは川の流れや地形が変わっているところもあり、畑の中の旧道を、解りやすく表現することができない個所もある。そこで、本項では、旅の第一日目、第二日目、第三日目と分けて話を進め、それぞれの行程の概要と原作との対比、印象に残った旅のエピソードを交えて書いていくことにする。

第一日目の行程の概要

三条白川橋～石清水八幡宮　地図M

❶この日、朝八時、長谷川平蔵一行四人は、「三条白川橋」近くの旅籠「津国屋」を出発。「白川」の流れに沿って下り、「大和大路通」へ入って南へ行き、第一日目の宿泊地「石清水八幡宮」を目指す。

原作には、

「平蔵一行が五条の東から、三十三間堂をすぎるころ……」という描写があり、「大和大路通」もだいぶ南へ来たことを示している。おそらく、「三十三間堂」の西南角で、「大和大路通」が「塩小路通」を越えるあたりの記述と思われる。

ここで、「大和大路通」から「伏見街道」へ入る行程について詳述しておく。現在では、「塩小路通」を越えると「大和大路通」は急に狭くなり、人通りも少ないただの裏路地となってしまう。

白川すじ

地図M
うらしやま
右京区
京福嵐山本線
中京区
烏丸線
さんじょうけいはん
ひがしやま
東西線
白川
八坂神社
阪急京都線
からすま
しじょう
四条通
きょうとかわらまち
さいいん
京都市
まつおたいしゃ
山陰本線（嵯峨野線）
367
東大路通
建仁寺
河原町通
京阪本線
清水寺
たんばぐち
五条通
ごじょう
1
下京区
東山区
にしきょうごく
かみかつら
阪急嵐山線
七条通
西本願寺
東本願寺
きょうと
東海道本線
（琵琶湖線）
東海道本線
（JR京都線）
東海道新幹線
西京区
にしおおじ
九条通
東寺
とうふくじ
東福寺
桂川
かつら
十条通
近鉄京都線
とばかいどう
南区
鴨川
ふしみいなり
いなり
伏見稲荷大社
伏見街道
かつらがわ
西高瀬川
かみとばぐち
りゅうこくだいまえふかくさ
くいなばし
171
ふじもり
名神高速道路
たけだ
京阪本線
奈良線
むこうまち
らくさいぐち
第二京阪道路
東海道新幹線
向日市
すみぞめ
JRふじもり
ふしみ
伏見区
小畑川
にしむこう
たんばばし
きんてつたんばばし
伏見桃山陵
ももやまごりょう
ふしみももやま
ももやま
京阪宇治線
ももやまみなみぐち
阪急京都線
かんげつきょう
ながおかてんじん
長岡京市
ちゅうしょじま
ながおかきょう
桂川
宇治川
むかいじま
近鉄京都線
よど
宇治市
京滋バイパス
京阪本線
北
大山崎町
24
おぐら
西
東
おおやまざき
久御山町
JRおぐら
奈良線
いわしみずはちまんぐう
木津川
南
0
2km
八幡市
石清水八幡宮

❷間もなくＪＲの線路へぶつかる。歩道橋を渡って線路を越え、道なりに行くと、やがて、「泉涌寺道」へ突き当たって終わっている。
❸「泉涌寺道」を右折（西へ）して少し行くと信号があり、「伏見街道」（本町通）との交差点で、左折して南へ行くのが順路である。先を急ぐ。
❹「伏見稲荷」を過ぎてしばらく行くと「国道24号線」と合流し、「伏見街道」はここで終わっている。
❺続いて、合流部分を西へ行き「両替町通」へ入って南へ進む。
❻しばらく行くと、「大手筋通」と交差するので右折して西へ行き、「竹田街道大手筋」の信号を左折して「竹田街道」へ入る。さらに、「京橋」「中書島」を経て南へ行く。
❼この後、「淀城下」を通って、「石清水八幡宮」を目指すのだが、近年、京都のこの辺は、川の流れや地形が大きく変貌しているため、長谷川平蔵一行がたどったと想定される道のりの一部は通行できず、本項では、迂回する形で、現在、通行可能な道順を地図に示すことにした。およそ、「国道1号線」から「京阪本線」「宇治川」に挟まれた「府道124号線」に沿って南へ行き「淀城下」を経由して「石清水八幡宮」へ行く感じである。

歩道橋（大和大路通）

伏見（水）街道石柱

❽やがて、「宇治川」に架かる「御幸橋」と「木津川」に架かる「御幸橋」を渡ると「石清水八幡宮」のある山並みが正面に見えてくる。
平蔵一行は、この夜、「石清水八幡宮」の宿院へ泊まる。

伏見稲荷

宇治川の堤

石清水八幡宮

ひとやすみ

「泉涌寺道」と「五葉《ごよう》の辻」

「泉涌寺道」は、西は「本町通」から東は「泉涌寺」の山門へ続く参詣道で、全長約1・1㎞の道路である。かつては、天皇家の葬送に使われた由緒ある道である。

ものの本によると、この「泉涌寺」への参詣道は、古くは、「瀧尾神社」の南側を東西に通る細い道だったとか。神社の南側には、「五葉の松」という木があったことから「五葉の辻」と呼ばれたそうである。

そこで、「瀧尾神社」を訪ね宮司さんに「五葉の辻」と、語源となった「五葉の松」について訊いてみた。

瀧尾神社

以下は、宮司さんからお聞きしたことを要約したものである。

神社の周辺には松の木はあったそうだが、「五葉の松」と言われるものがあったとは聞いたことがない。従って、「五葉の辻」という名称も承知していない。ただ、朝廷や幕府の役人が「泉涌寺」へ行くためにこの道をよく通ったので「御用の辻子」と呼ばれていたと言う。

瀧尾神社　京都市東山区本町11の718

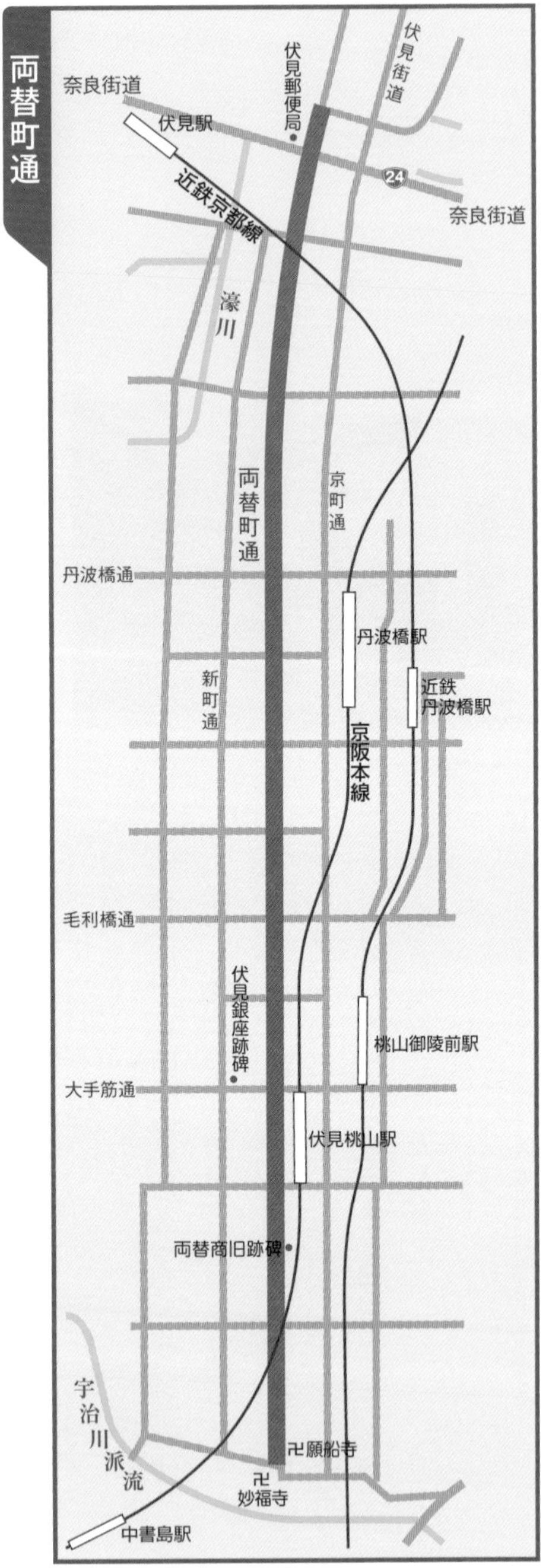

ちょっとぶらぶら

「両替町通」を歩く

全長約2・0km

「両替町通」は、北端の京都市伏見区撞木町から「国道24号線」を横切り、両替町を通って、南へ真っ直ぐ伸びている小路である。「両替町」十五丁目から十四丁目、十三丁目……と南へ進むと、八丁目から五丁目はなく、「銀座町四丁目から一丁目」に変わっている。

地蔵尊

通りの所々には写真のような地蔵尊の小さな社があり、「大手筋通」を越えると再び「両替町」四丁目となる。「大手筋通」で「伏見銀座跡」の石柱を見てさらに南へ行き、京阪電鉄の踏切を越えて進むと、「両替町」三丁目、二丁目、一丁目となり、「願船寺」の西側で「南浜通」にぶつかって終わっている。約1時間の行程である。

「鬼平」一行は、「伏見街道」を南下して来て、「国道24号線」と合流する部分を西へ行き、「両替町十五丁目」と「十四丁目」の間を左折して「両替町通」へ入ったものと思われる。

第二日目の行程の概要

石清水八幡宮～祝園の常念寺　地図N

翌日、長谷川平蔵一行は、朝も遅くに「石清水八幡宮」を出発、「旧郡山街道」を南下して奈良へ向かう。

筆者は、八幡宮一の鳥居前にある「やわた走《はしり》井餅《いもち》老舗」で、「走井餅」を食べて軽く腹ごしらえをし、二日目の行程を歩きだした。

ちなみに、名物の「走井餅」は、「大津」のながれをくむもので、明治四十三年、この「やわた」の地に引き継がれたとか。

❶「旧郡山街道」（府道22号線）を東へ進む。しばらく行くと、「四季彩

伏見銀座跡の石柱

走井餅

館　流れ橋」の案内板が見えてくる。この辺から「22号線」は南へ向きを変えるのだが、ここで、予定のコースを少々はずれて、近くにある「木津川流れ橋」を見学することにした。

正式名称は「上津屋《こうづや》橋」。木津川に架かる全長356・5ｍの木橋である。すぐに「縞の合羽に三度笠……」、時代劇のお決まりのシーンが目に浮かんだ。

❷再び、「府道22号線」に戻り、南へ行く。

この辺の行程を、原作では、

木津川の流れを左手にのぞみつつ行く平蔵へ、浦部彦太郎が、

「あの、向うの山すそあたりが、宇治でございます」と、描写している。

「府道22号線」は、交通量が多くトラックだらけ。道筋には工場や倉庫が建ち並び、とても「街道歩き」などという洒落たものではない。おまけに、歩道は進行方向右側にしかなく、極めて歩きづらい。最初にこのコースを歩いたときは夏の盛りで、ひたすら、黙々と歩いた。行けども、行けども、喫茶店があるような雰囲気ではない。実に、殺伐とした道のりで、道端の自販機の水が、これほど有難いと思ったことはない。

どこか休憩できる所はないものかと探しながら「田辺」まで来る。

延々と続く府道22号線

木津川流れ橋

「茶屋前」の信号の南西角に「カフェ・デ・グランリュ」という喫茶店を見つける。「助かった……」とばかりに飛び込んだ。詳細は、《ひとやすみ》コーナーをお読みください。

「カフェ・デ・グランリュ」で腹を満たし、お店の御夫婦に励まされて、再び、「府道22号線」へ出て、「祝園」を目指して南下した。

原作には、この辺の描写として、

石清水から三里余で、田辺へ達する。

甘南備山《かんなびやま》を背負ったこの村は、往古からの大邑《たいゆう》だとか。

「このあたりは、むかしむかし、棚倉野《たなくらの》とよばれ、ひろびろとした原野に穀物をしまった倉がいくつも建っていたそうでございます」と、浦部彦太郎が平蔵に説明している。

❸しばらくいくと、「三山木《みやまき》」である。長く歩いて来た「府道22号線」と「旧郡山街道」はここで別れる。

ここからは、旧郡山街道の《鬼平、奈良へ行く》最大の難所である農道へ入って行く。地図を参照して、「旧街道」の匂いを嗅ぎながら、全体として南の方向へ進むのである。とても、一度行っただけで解るものではない。標識もなければ道を尋ねる人もいない。見渡す限り田畑の中だ。十分に予習をして行かないと踏破は難しい。

三山木の農道

大山崎町
桂川
京阪本線
宇治川
京滋バイパス
久御山町
第二京阪道路
いわしみず
はちまんぐう
石清水八幡宮
春日神社
木津川
八幡市
木津川流れ橋
京阪宇治線
うじ
宇治川
JRおぐら
奈良線
平等院鳳凰堂
宇治市
いせだ
おおくぼ
しんでん
近鉄京都線
京都府
じょうよう
くつかわ
城陽市
ながいけ
てらだ
新名神高速道路
片町線
(学研都市線)
まついやまて
カフェ・デ・グランリュ
やましろあおだに
ながお
大阪府
きょうたなべ
しんたなべ
やましろたが
京田辺市
枚方市
第二京阪道路
こうど
どうししゃまえ
井手町
京奈和自動車道
つだ
たまみず
JRみやまき
みやまき
しんてつみやづ
木津川
奈良線
交野市
しもこま
こまだ
たなくら
北
奈良県
生駒市
西
東
南
精華町
開橋
祝園神社
しんほうその
ほうその
常念寺
0
2km
地図N
木津川市

❹やがて、道は木津川の土手へ出る。
土手道を南へ歩くと、「開橋」の西詰に出る。
❺ここを右折して「祝園神社」へ回り込む。神社の鳥居前の道を少し南へ行き、地図のように路地を入ると、長谷川平蔵一行の二日目の宿泊場所である「常念寺」である。
原作に、この辺りの描写を……。

「四人が、街道から左へ切れこんだ。

雑木林と田地の間の道が、木津川の西岸へつづいている。

この道へ切れこむやいなや、長谷川平蔵が右手の雑木林の中へ飛びこんだ。それにかまわず、浦部、忠吾、およねの三人は、まっすぐに常念寺へ向い、まがりくねった畑中の道の向うの木立の蔭へ見えなくなってしまった。」

と、あるが、これは間違いである。ここは、街道を右へ切れこむべきであるし、木津川の情景描写も東西が逆である。

(喫茶店「カフェ・デ・グランリュ」から祝園の常念寺まで約3時間)

常念寺

祝園神社

ここで一言

仕掛け人は逆コース

ところで、原作者の池波さんは、『鬼平犯科帳』の「兇剣」で、長谷川平蔵一行を、京都から石清水八幡宮を通って祝園の常念寺に泊まらせ、翌日、歌姫越に奈良へ行かせているが、『仕掛人・藤枝梅安・秋風二人旅』（講談社）では、これと全く逆の奈良から京へ向かうコースを梅安と彦次郎が旅する様子が書かれている。

ひとやすみ

小さな「春日神社」

「府道22号線」を「三本橋」の信号で左折し、東へ行くと、大谷川に架かる「二ノ橋」のたもとに、小さいが何となくキリッとした雰囲気のある神社がある。「春日神社」という。この日は神社の例大祭。写真は神社と宮司の高月清子さんであるが、旅の無事を祈って参拝し、「これから鬼平ゆかりの地を訪ねて、京田辺まで歩いて行く」というと、「まあっ……」と、宮司の装束を震わせて驚いていた。小柄だが、威厳のある宮司さんだった。

春日神社　京都府八幡市八幡西島1

春日神社と宮司さん

ひとやすみ

喫茶店「カフェ・デ・グランリュ」

旅をしていると、「想い出の場所」がいくつかできるものだ。

本書の取材で奈良へ行く途中で、忘れられないのが京田辺市茶屋前の喫茶店「カフェ・デ・グランリュ」だ。

この日の計画行程を京田辺までと決めて出かけた夏の暑い日。味気ない「府道22号線」を南下しているとき、終盤の疲れ切った行程で出会ったのがこの喫茶店だ。

「カフェ・デ・グランリュ」は、「府道22号線」の「茶屋前」交差点信号の南西角にある。店を切り回すのは50歳代の林さん御夫婦。42年続く喫茶店の二代目である。

この日、昼下がり。

『鬼平、京へ行く』の取材で、東京から来たことを告げ、長谷川平蔵が、京都の三条白川橋から奈良の桜井市まで行く行程を、原作に沿って、「実際に歩いてみようという企画である……」と、説

林さん御夫婦

カフェ・デ・グランリュ外観

明する。御夫婦は、ただ、ただ驚くばかり。それから、話はどんどん盛り上がっていく。

手作りのチョコレートケーキが忘れ難い。(石清水八幡宮から2時間45分)

カフェ・デ・グランリュ　京都府京田辺市薪茶屋前27-5

ひとやすみ

祝園の「常念寺」

『鬼平犯科帳』には多くの神社仏閣が登場してくるが、常念寺ほど具体的に描かれ、和尚さんまで「兇剣」の話に登場するほど、重要な舞台となった寺も少ない。

十年ほど前、『小さな旅「鬼平犯科帳」ゆかりの地を訪ねて』第一部の取材で訪れた時、住職の横佩道紀《よこはぎどうき》和尚に会って鬼平談義に花を咲かせたことを想い出す。横佩さんが、「池波さんが、この祝園という場所がどういう意義のある場所かを十分勉強して来られた。当時、京都と奈良を結ぶ中間地点である祝園には宿屋が少なく、旅の武家の宿泊場所として寺が使われた」と言う。その時、「歌姫街道」を車で案内していただいたことが昨日のような気がする。

今回、『鬼平、京へ行く』の取材で訪れると、奥様が出て来られて、横佩さんが二〇一九年亡くなられたことを知らされた。

常念寺　京都府相楽郡精華町大字祝園小字神木段55

重要地点

「柳本の町の半里手前」

長谷川平蔵と浦部彦太郎が、盗賊・高津の玄丹が放った十三人の殺し屋浪人に襲われた場所が、「柳本の町の半里手前」である。

現在で言うと、奈良市から「上街道」を南へ来て、天理市の柳本町の半里手前ということになる。

この件について、天理市役所産業振興課に問い合わせ、当方の事情を説明して取材に出かけた。熱心にいろいろ調べてくれ、検討の結果、「柳本の町の半里手前」は、「上街道」を奈良方面から来た場合、現在の三昧田町辺りであろうと言う。街道沿いの「新池」の東南角に「岡田為恭《ためちか》遭難之碑」が立っていて、この辺を、長谷川平蔵と浦部彦太郎が、「襲撃された場所」とすることにした。

岡田為恭は、本名・岡田式部といい、土佐派の画家で冷泉為恭と称した。幕府側と通じていると誤認されて長州浪人に権現辻（三昧田町）近くで斬殺される。元治元年（１８６４年）五月五日のことであった。

岡田為恭遭難之碑

第三日目の行程の概要

祝園・常念寺〜大和・大泉 地図O

「常念寺」に一泊した長谷川平蔵は、木村忠吾と〝およね〟を寺に残し、浦部彦太郎を連れて「大和の大泉」を目指して出発する。「大和の大泉」は〝およね〟の故郷で、大坂の盗賊・高津の玄丹が狙いをつけているのが「大和・大泉の大庄屋・渡辺喜左衛門の屋敷」である。

筆者も、同様に、「常念寺」を出発、三日目の行程に入る。

❶「旧郡山街道」（「祝園神社」前から南へ向かう道）へ出て南下する。「吐師《はぜ》の集落」を通りさらに南へ行くとやがて街道の右側に「皿池」が見えてくる。ここまで約1時間40分である。「皿池の」の南端が京都府と奈良県の境で、写真のような石柱が立っている。

ここから奈良県である。

❷少し南へ進むと、「郡山街道」（府道751号線）の左側に「歌姫街道」の入口がある。

道は、ゆるい上り坂で、舗装してない遊歩道のような造りになっていて往時を偲ばせてくれる。いよいよ「歌姫越え」の始まりである。長谷川平蔵も浦部彦太郎もここを通って奈良へ入ったかと思うと身のひ

奈良県境

歌姫街道標識

歌姫のみち石柱

きしまる思いがする。

25分程の散策コースだが、この古道は再び「郡山街道」（府道751号線）に合流して上って行く。道は急に狭くなって歩道がなく、交通量も意外に多いので、歩くには危険な道だ。この辺が「歌姫越え」の頂上となる。

❸やがて、右側に「添御縣座神社」がひっそりとある。参拝して参道へ出ると、麦わら帽子をかぶった中年の女性が正面鳥居のそばで、黙々と草取りをしている。挨拶をすると、宮司さんの奥様で、神社の読み方を訊いてみた。「そうのみやがたいますじんじゃ」と読むそうで、地元では「歌姫神社」と呼んでいるとか。

❹さらに進むと、視界が一気に広がり、左側に「歴史的風土平城宮跡特別保存地区」の標柱が見え、右手には「第一次大極殿正殿」の赤い建物が望まれ、「歌姫越え」に奈良の「平城宮跡」に入ったことを実感する。

原作には、このあたりの描写が、

「歌姫越えの、ゆるい山道を下ったところ、豁然《かつぜん》とひらけた奈良盆地の……」と、書かれている。長谷川平蔵と浦部彦太郎の二人が、快調に飛ばし、奈良の町へ入る。一方、高津の玄丹配下の殺し屋・大河内

添御縣座神社

歌姫越え

一平以下十三人の刺客も歌姫越えに奈良の町へ入ろうとしていた。「歌姫越え」に奈良へ入った長谷川平蔵と浦部彦太郎が、奈良の町中をどのように通って「大和の大泉」へ行ったのかは原作に書かれていない。「兇剣」に、次に出てくる地名は、「柳本の町の半里手前」と「大和の大泉」である。

この「柳本の町の半里手前」という地点は、「兇剣」のクライマックスを迎える場所で、長谷川平蔵と浦部彦太郎が十三名の殺し屋集団に襲われたところである。

また、玄丹配下の呉服屋・大和屋栄次郎は、「柳本」の出身である。尚、長谷川平蔵の愛刀・「粟田口国綱二尺二寸九分余」が、『鬼平犯科帳』で初めて登場してきたのがこの場面である。

そこで、長谷川平蔵と浦部彦太郎が、「大和の大泉」へ向けてたどったと想定される道を、天理市役所産業振興課に尋ねてみると、それは古代からある「上街道」であろうとのことだ。古代、奈良盆地を南北に貫いた官道「上ツ道」が、その前身である。近世になって「上街道」と呼ばれるようになったが、かつては道幅も広く直線的な道路であったとか。興福寺南円堂から南へ行き、桜井市まで続いている。現在の「上街道」は、ルートも多少変わり、道幅も狭くなっている。

第一次大極殿正殿

猿沢池

また、「柳本の町の半里手前」は、天理市三昧田町の辺りだと言う。

❺そこで、奈良市内を東へぬけ、「上街道」の起点となっている興福寺南円堂から「猿沢池」をめぐり、奈良の町を南へ下がる。

その前に、「猿沢池」の近く、「三条通」に面した「中谷堂」という店に寄り道。

ここの「よもぎ餅」がうまい。店頭販売だけで、道端で食べたが、粒あんをよもぎ餅で包み、きな粉をまぶしたものだが、出来たてで温かくてなかなか旨い。

「上街道」も市内を過ぎるとまったくの郊外。それでも所どころに、昔の町並みが残っていて古い街道を偲ばせてくれる。

❻帯解寺《おびとけ》を右に見て、「上街道」をさらに南へ行くと、やがて、天理市へ入る。しばらく行くと、右手に「新池」が見えてくる。この辺が、「兇剣」の原作に書かれている「柳本の町の半里手前」に相当し、現在の「三昧田町」にあたる。

「新池」の東南角、ＪＲ桜井線の線路ぎわに「岡田為恭遭難碑」が立っているが、ここを「殺し屋十三人に襲撃された場所」の目印とした。

殺し屋浪人の襲撃をうけ、危ういところを剣友・岸井左馬之助にたす

帯解寺

上街道 道祖神

地図O
京都府
木津川市
生駒市
精華町
奈良市
奈良県
大和郡山市
天理市
桜井市
安堵町
川西町
河合町
三宅町
田原本町
広陵町
上牧町
香芝市
大和高田市
橿原市
斑鳩町
平群町
関西本線
奈良線
片町線
(学研都市線)
近鉄けいはんな線
近鉄奈良線
近鉄橿原線
関西本線
(大和路線)
桜井線
近鉄田原本線
近鉄大阪線
和歌山線
京奈和自動車道
第二阪奈道路
西名阪自動車道
名阪国道
奈良奥山
ドライブウェイ
歌姫街道
木津川
佐保川
大和川
葛城川
寺川
初瀬川
常念寺
添御縣座神社
第一次大極正殿
平城宮跡
円山公園
東大寺
興福寺
春日大社
猿沢池
若草山(三笠山)
唐招提寺
薬師寺
帯解寺
石上神宮
法隆寺
中宮寺
三昧田町
崇神天皇陵
景行天皇陵
纒向遺跡
箸墓古墳
三輪山
大神神社
長谷寺
森本屋敷
ほうその
しんほうその
かみこま
にしきづ
きづ
かも
たかのはら
ならやま
なら
がっけんならとみがおか
がっけんきたいこま
しらにわだい
とみお
がくえんまえ
あやめいけ
やまとさいだいじ
きんてつなら
あまがつじ
おおみや
にしのきょう
きょうばて
くじょう
こおりやま
おびとけ
きんてつこおりやま
つつい
いちのもと
やまとこいずみ
ほうりゅうじ
ひらはた
ファミリーこうえんまえ
にかいどう
せんざい
てんり
ゆうざき
いわみ
ながら
おおわだ
さみたがわ
いけべ
はしお
たじま
くろだ
やなぎもと
まきむく
にしたわらもと
たわらもと
かさぬい
ごいどう
JRごいどう
つぎやま
やまとたかだ
たかだ
にのくち
みわ
はせでら
やまとあさくら
北
西
東
南
0
3km
163
24
308
369
25
1
2
3
4
5
6
7
8

けられた長谷川平蔵は、盗賊・高津の玄丹一味が狙っている「大和・大泉の大庄屋・渡辺喜左衛門屋敷へ急ぐ。

筆者も、「奈良県桜井市の大泉」へ急ぐ。

❼「上街道」は、やがて「国道169号線」と合流する。

「大神《おおみわ》神社」に参拝して、市道「大三輪十市線」に入り西へ進む。

❽間もなく、「大和の大泉」で、《長谷川平蔵一行が、奈良へ行く……》の最終到着地である。

「兇剣」の原作に登場する「大和・大泉の大庄屋・渡辺喜左衛門屋敷」は、桜井市役所の担当部署と協議の結果、桜井市大泉222にある「森本屋敷」がモデルであろうと考えられた。

大神神社

ひとやすみ

「**歌姫街道**」

「府道751号線」を南へ行き、奈良県に入ると道路の左側に「歌姫街道」が併設されている。

府道とほぼ平行に通る道だが、舗装されていないが手入れが行き届き、散策には格好の緑道である。

なだらかな上りの道を進むと、所々に、「歌姫街道」の石の道標が立っている。

苔石の道

30分くらい歩くと、再び「751号線」に合流するのだが、この間、出会った人は三人だけ。写真の地点まで来ると、近くに住む中年の女性が石に腰かけて休んでいた。よく散歩に来るそうで、今座っているあたりが眺めがよく、格好の撮影ポイントだと教えてくれた。森閑とした木立に小川の流れ、苔むす石のバランスが素晴らしいとか……。

ひとやすみ

「粟田口国綱二尺二寸九分」

火付盗賊改方の長官・長谷川平蔵の愛刀は、「粟田口国綱二尺二寸九分余」である。

『鬼平犯科帳』全百三十五話には何度もこの銘刀が登場してくるが、最初に出てきたのが、この「兇剣」(第三巻・第四話)である。「妖盗葵小僧」(第二巻・第四話)でも大立ち回りをやっているが、この時使った刀は、柳生拵の「井上真改」二尺三寸余である。

原作では、亡父・宣雄から譲られた刀ということになっていて、銀煙管と共に平蔵の分身のような存在だ。

写真は、東京の赤坂・日枝神社所蔵の「粟田口国綱二尺二寸九分」である。

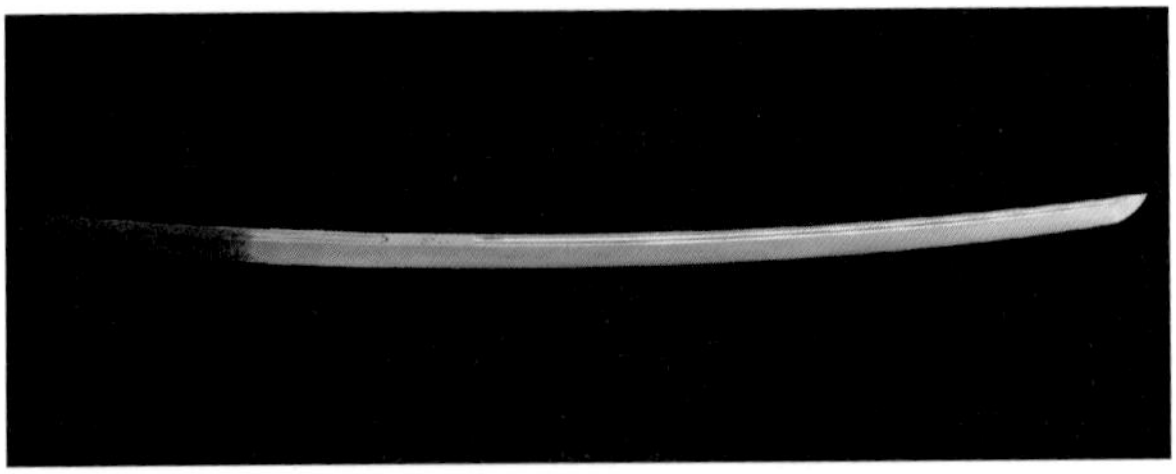

日枝神社所蔵の粟田口国綱

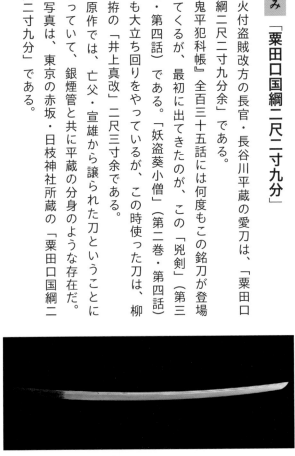

森本屋敷

ひとやすみ

「森本屋敷」を訪ねて

この日、約束もなく「森本屋敷」を訪ね、御主人の森本さんと奥様にお会いし、話をうかがうことができた。

当方の訪問目的である《『鬼平犯科帳』ゆかりの地》を訪ねて東京からやって来たことを告げると、まずビックリ。次に、『鬼平犯科帳』第三巻・第四話「兇剣」の最後に舞台となる「大和・大泉の大庄屋・渡辺喜左衛門屋敷」のモデルは、「森本屋敷」であろうという筆者の考えを説明すると、もう一度ビックリ。さらに、「兇剣」の原作の舞台をたどって京都の「三条白川橋」からここまで歩いて来たことを告げると、驚くやらあきれるやら。

急な訪問だったが、御夫婦でこころよく応対していただき、この取材の最後を飾る楽しいひと時を過すことができた。

その四 「流星《りゅうせい》」を歩く

あらすじ

大坂を本拠にする兇賊・生駒《いこま》の仙右衛門《せんえもん》は、関東一帯を縄張りにする盗賊・鹿山《しかやま》の市之助《いちのすけ》と組んで大がかりな「盗《つとめ》」を企てていた……。

まず、殺し屋・沖源蔵《おきげんぞう》と杉浦要次郎を江戸へ差し向け、盗賊改方の関係者を殺害。長谷川平蔵の身辺を攪乱し、混乱に乗じて残忍な「急ぎばたらき」を行った。

平蔵のまわりで、関係者が次々と暗殺されてゆくが、事件は巧妙を極め、捜査が難航する。

そんな中、日本橋川の入り堀に架かる思案橋たもとの船宿「加賀や」の船頭・友五郎《ともごろう》が行方不明となる……。

寛政五年、梅雨明けのころの話である。

主な登場人物

沖源蔵
生駒の仙右衛門配下の浪人で、殺し屋

杉浦要次郎
生駒の仙右衛門配下の浪人で、殺し屋

生駒の仙右衛門
大坂の盗賊の首領

鹿山の市之助
関東一帯を縄張りにする盗賊の首領

友五郎
船宿「加賀や」の船頭で、もと盗賊・浜崎の友蔵

藪原の伊助
鹿山の市之助配下の盗賊

庄太郎
盗賊・飯富の勘八の隠し子で、友五郎が仮親

沖源蔵、油小路から大坂へ向かう……

解説

「流星」の冒頭に……。

「京都の油小路二条下ルところに住む刀剣の研師・笹屋弥右衛門方から、中年の浪人ふうの男がひとりあらわれ、旅支度で大坂へ向った」という描写がある。

浪人は、沖源蔵といい、大坂の盗賊・生駒の仙右衛門配下の殺し屋で、仙右衛門に招集されて大坂へ行くところだった。

この後、原作には、「沖は、京の町を南下し、竹田街道から伏見の町へ入った。伏見から出る淀川の夜船で、沖源蔵は大坂へ向うつもりらしい」と書かれている。

そこで本項では、殺し屋・沖源蔵が、「油小路二条下ル」ところにある刀剣の研師「笹屋弥右衛門」の家を出発してから、生駒の仙右衛門の表向きの家業である艾問屋「山家屋」へ行くまでの行程を、実際に歩き、三十石船に乗ってみようと出かけたわけである。

地図P
二条城
中京区
東西線
二条通
押小路通
御池通
三条通
京福嵐山本線
山陰本線（嵯峨野線）
阪急京都線
四条通
鴨川
京阪本線
烏丸線
油小路通
堀川通
堀川
河原町通
東大路通
京都市
下京区
東山区
五条通
七条通
西本願寺
東本願寺
神泉苑
南禅寺
知恩院
八坂神社
建仁寺
清水寺
東海道本線（琵琶湖線）
東海道本線（JR京都線）
東海道新幹線
東寺
九条通
十条通
近鉄京都線
東福寺
伏見稲荷大社
伏見街道
南区
西高瀬川
奈良線
竹田街道
桂川
名神高速道路
第二京阪道路
伏見区
伏見桃山陵
京阪宇治線
伏見・京橋
にじょう
にしおおじおいけ
にじょうじょうまえ
からすまおいけ
きょうとしやくしょまえ
さんじょうけいはん
さんじょう
ひがしやま
白川
さいいん
からすましじょう
しじょう
きょうとかわらまち
たんばぐち
ごじょう
きよみずごじょう
しちじょう
きょうと
にしおおじ
とうじ
くじょう
とうふくじ
じゅうじょう
とばかいどう
ふしみいなり
いなり
かみとばぐち
りゅうこくだいまえふかくさ
くいなばし
ふじもり
たけだ
すみぞめ
JRふじもり
ふしみ
たんばばし
きんてつたんばばし
ふしみももやま
ももやまごりょう
ももやま
ももやまみなみぐち
かんげつきょう
北
南
西
東
0
1km

行程の概要

油小路二条下ル〜伏見・京橋 地図P

❶「油小路二条下ル」あたりに刀剣の研師「笹屋弥右衛門」方を想定し、ここから出発。

「油小路通」を南へ行く。この辺の「油小路通」は、大きなホテルがある以外、普通の京都の裏路地である。

❷「五条通」を過ぎると「油小路花屋町」を通過するが、仏具屋の多いところである。『鬼平犯科帳』第六巻・第四話「狐火」では、二代目・狐火の勇五郎が、表の稼業としている仏具屋「今津屋」の店はこの辺に設定されている。

❸「七条通」を越してJR「京都駅」の陸橋をくぐり、駅の南側に沿って東へ歩き、「竹田街道八条」で右折。ここまで約70分。

「竹田街道」を南へ下る。

❹やがて、伏見の「京橋」へ到着する。「油小路二条下ル」から、ここまで途中休憩を入れて約2時間30分〜3時間。

浪人・沖源蔵は、ここから出る淀川の三十石船に乗って大坂へ行ったわけである。

伏見の京橋

当時、船は、大坂・天満の「八軒家浜船着場」へ着いたそうで、殺し屋・沖源蔵もここから上陸したはずだ。

船着場から「谷町筋」を南下、「長堀通」を西へ行き「心斎橋」北詰に到着する。

心斎橋北詰には、盗賊・生駒の仙右衛門の表向きの稼業である艾《もぐさ》問屋「山家屋《やまがや》」があった

殺し屋の浪人・沖源蔵は、この後、生駒の仙右衛門の指令を受けて、同僚の殺し屋の杉浦要次郎と共に江戸へ行き、火付盗賊改方の関係者を暗殺していくわけである。

大阪八軒家浜船着場標識

心斎橋の橋脚

ひとやすみ

「淀川三十石船」

「淀川三十石船」は、当時、京都・大坂間約44・8㎞をむすぶ重要な交通機関で、最盛期には162隻が就航していて、一昼夜の上り下りに320便が往来していたとか。「下り船」は、主に夜、京都を出て、早朝に大坂へ着いたそうだ。現在、京都の伏見から大阪へ行く船便はないが、当時を偲ぶ「三十石船の遊覧船」が「京橋の寺田屋浜乗船場」から出ている。大阪までは行かないが、近くを遊覧する船だ。写真のように、当時の三十石船を再現した形になっている。これに乗って約40分、水辺をめぐって観光したが、決して、『鬼平犯科帳』のことは忘れず、殺し屋・沖源蔵になったつもりで大坂へ行ったことにした。

三十石船

三十石船からの眺め

油小路通

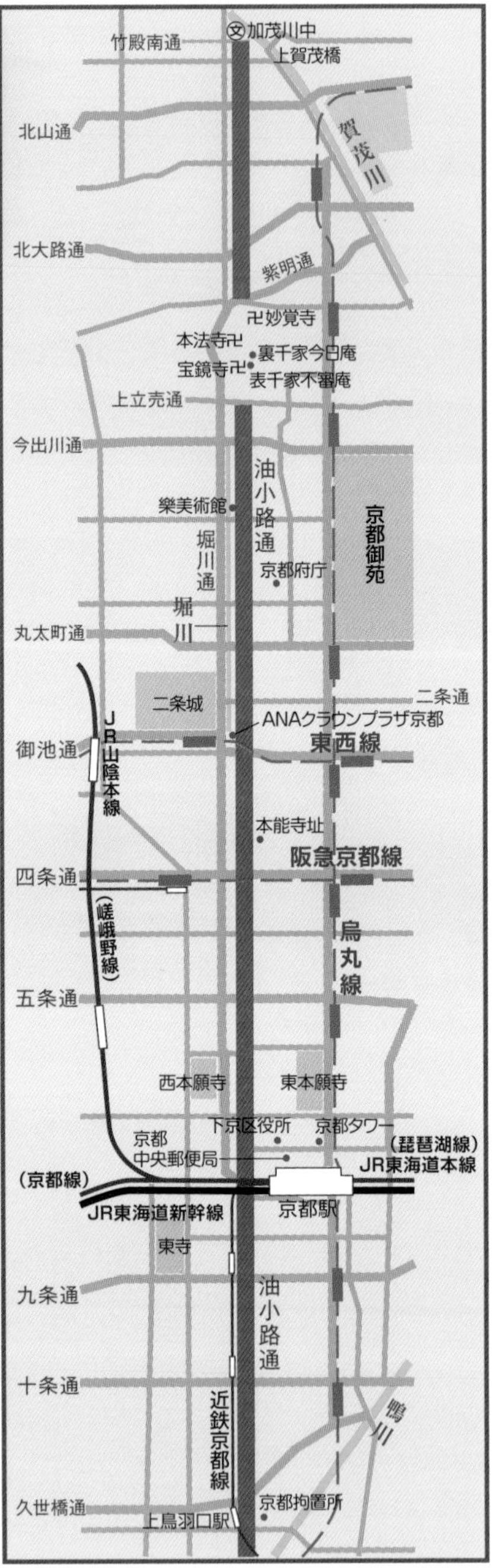

※右図は9・2km。現在は外環状線まで延伸している。

ちょっとぶらぶら

「油小路通」を歩く

全長約12km

「油小路通」は、「堀川通」の東側を南北に走る、京都で最も長い通りである。平安京の「油小路」に相当する。

現在は、京都駅西側、JR東海道線の北側で「堀川通」と合流して南へ延び、伏見区の「外環状線」（主要市道観月橋横大路線）まで達している。全長約12kmである。

北端の「竹殿南通」にある「加茂川中学校」の塀際から南端の「外環状線」まで歩いてみた。

とにかく、地図に見られるように、真っすぐ南北に伸びる道だ。

「北大路通」より北側の地域は、比較的広い敷地に、思いおもいの家が建ち並ぶ高級住宅地で、この一帯には店舗や京町家風の家はない。

さらに南へ進むと、「紫明通」と「上立売通」の間で中断している。

「上立売通」から再び「油小路通」に入り直し南へ下る。この辺まで来ると、所々に、京町家風の家が見られ、店舗も増えて、平凡な京都の裏路地となる。

「今出川通」「丸太町通」を越えるとやがて「二条通」である。

原作者の池波さんは、『鬼平犯科帳』第八巻・第四話「流星」の冒頭で、この「油小路二条下ル」ところに刀剣の研師・笹屋弥右衛門の家を設定。ここに寄宿する殺し屋浪人・沖源蔵が大坂へ行く描写から、話をスタートさせている（115頁参照）。

さらに南へ行く。

「御池通」「三条通」を越えるとやがて「四条通」に出るが、この少し手前の「油小路蛸薬師通下ル」ところに、写真のような「本能寺跡」の石碑が立っている。当時、広大な寺域を誇った「本能寺」は、この辺一

本能寺跡

帯にあったもので、天正十年六月の「本能寺の変」もここで起こった大事変である。現在、寺町通御池にある「本能寺」は、事変後に豊臣秀吉によって移築されたものだそうだ。

やがて、「五条通」（国道1号線）である。「御池通」からこの間は、にぎやかな京都の中心地を通っている。

「六条通」を越え、「花屋町通」を過ぎると通りの左右に仏具屋が並び、左側に「本願寺伝道院」のレンガ造りの建物が見えてくる。

『鬼平犯科帳』第六巻・第四話「狐火」には、「油小路花屋町」が登場してくる。この話の主人公で二代目・狐火の勇五郎は、盗《つと》めのないときは、この辺で仏具屋「今津屋又太郎」になりすまして生活していたことになっている。

「七条通」「塩小路通」を越えて、京都駅の西側で「堀川通」と合流し、JR東海道線をくぐる。道幅は広くなり、京都の裏路地から一気に幹線道路となって南へ延びている。

ここから南端の「外環状線」まで約6㎞は、車も両方向通行となり、北行一通だった駅より北側の「油小路通」とは、まったく趣が違う。

無機質な新しく造成された道路は続く。

「八条通」「九条通」「十条通」を越えて、なおも、南へ行き、「京都南

本願寺伝道院

大橋」を渡って鴨川を越える。

さらに南へ進むと、やがて、「外環状線」との交差点に出る。「油小路通」の南端である。

全行程、約3～4時間。

「難所」で鬼平体験

はじめて著者松本さんにお会いしたのは七年前のことで、勤務先に来て『鬼平』に出てくる新竹屋町について尋ねられた。新竹屋町というのは本書58頁に出てくる短い通りの名。最初は職務として応対したわけだな。

ひとつのことに熱中しているかたは、血相を変え思いつめて質問してくることが多いのだが、松本さんは悠揚せまらぬ温顔で問訊されたので、こちらも知っているところをのびのびと開陳することができた。

電話や手紙によるお付き合いは、わたしの退職後も続いた。そして今回は京都に絞って執筆するという知らせをいただき、ついては、いろいろと調べてほしいということだった。とりわけ祝園《ほうその》を通る郡山街道のことが大事だと聞いて勇み立った。京都府相楽郡精華町の字《あざ》の一つが祝園。わたしは精華町に住んでいる。おれのシマを旅した鬼平と、これから歩こうとしている松本さんに仁義を欠いてはいけないと。これじゃあ鬼平に出てくる盗人じゃあないか。

松本さんの露払いとして実際に歩いてみた。鬼平は石清水八幡宮からたぶん現在の府道22号線を東南へ歩き、三山木から郡山街道に入り奈良方面へ向かった。松本さんは府道22号線を石清水八幡から実際に歩かれたそうだが、わたしにとって府道22号線は車で通るところであり、歩く道ではない。本書のうんざりした記述を見てほしい。

わたしが自分で歩いたのは、三山木からの郡山街道で、歌姫街道を経て平城宮跡に至るルートである。歩いて実見したコースと見どころを地図に落とし松本さんに送る。それをご覧になり質問の電話がかかってくる。これを数回くり返し、京都へ来られヒタイをつきあわせて相談したことも一度ならずあった。

わたしが実際に歩いたのは、二〇二〇年の初夏。松本さんがお書きになっているとおり、まわりは畑ばかりで喫茶店や食堂はおろか自販機もない。夏の盛りよりましだが、太陽は照りつけ、持参したペットボトルはすぐ空になる。

松本さんは三山木から「最大の難所である農道へ入って行く」とお書きになっている。べつに剣呑な山道があるわけでも、急流を渡るわけでもない。平らな畑に細い道が延々と続いているだけなんだけど、この「難所」を炎天のもとに歩くという体験を共にしたことは、本書をわたしにとって味わい深いものにしている。読者諸氏も実際に歩いてみると、松本さんが、わが身をもって本書を書いたご苦労がよくわかるというもんだ。

元京都市歴史資料館員
伊東宗裕

どこまでも歩いて、詳細に検証した京都篇

『鬼平犯科帳』のシリーズ全一三五話の中で京都が舞台となっている物語はわずかだが、池波作品の数多くに京都が描かれている。『近藤勇白書』『幕末遊撃隊』『その男』ほかの幕末物、『忍者丹波大介』『火の国の城』『男の秘図』『真田太平記』、シリーズの『剣客商売』『仕掛人・藤枝梅安』にも京都篇がある。池波正太郎が最も多く描いたのは江戸だが次に多いのが京都であろう。エッセイ『散歩のとき何か食べたくなって』（新潮文庫）「三条木屋町・松鮨」に池波は次のように記している。

戦前・戦後を通じて、数えきれぬほど京都へ行き、ときには半月も一ヵ月も滞留したことも少なくなかった私だが、自分というものと京の町が、「切っても切れぬ……」ものになったのは、やはり、時代小説を書くようになってからだった。

昭和三十年代から四十年代の前半、作家初期の時代には時間のゆとりがあって日本中を旅し、特に京都へは毎月のように足を運んでいたという。池波が江戸とともに愛着を持っていた地が京都であったようだ。『鬼平』を熟読、猛読

されている松本氏は池波の思いを敏感に感じ取られたのだろう。これまでの六冊に、さらにやり残したと思われる「京都篇」を執筆された。物語の舞台となった地をどこまでも歩いて詳細に検証する。本書に書かれているコースはかなりの距離であろうと思うが。圧巻は京都・白川橋から大和路への二泊三日の旅七十二キロ。それも二度行かれたというからまさに脱帽である。また、松本氏ならではの指摘、「艶婦の毒」で木屋町通から北野天満宮まで、女賊のお豊と木村忠吾のカップルが歩いたのが二時間。これはたしかに長すぎると私も思うところで、作者もここは気づいていない、実体験で検証された松本氏の発見である。

池波正太郎記念文庫・指導員
鶴松房治

おわりに

『小さな旅「鬼平犯科帳」ゆかりの地を訪ねて』(小学館スクウェア)全五部が刊行されてから、早くも、四年が経つ。

この間、やり残したようで、ずっと気になっていたことが、「鬼平」の京都篇である。

これまでも、それぞれの話に登場する京都・大坂・奈良などの「鬼平ゆかりの地」は、そのつど出かけて行き、相応に書いてきたつもりだ。ところが、やはり部分的であり、追究不足で、躍動感にかけている。

そこで、今回、『鬼平、京へ行く』と題して、「老盗の夢」「艶婦の毒」「兇剣」「流星」について、改めてまとめ直してみたわけである。

京都・奈良の町を思う存分歩くことができ、再び、達成感に浸っている。おかげで、京都の町には詳しくなった。観光地には余り出かけなかったが、町の中にひっそりと息づく「大路」「小路」や、何の変哲もない裏路地は、地図を片手に丹念に歩いたつもりである。

ところで……。

旅の想い出は、何と言っても人との出会いだ。

それも、偶然入った店での出来事や、予期せぬ人との遭遇は、ひときわ印象に残るものである。

昨年の春頃のことだが……。

取材で「北野天満宮」を訪ねたとき、この日は、二十四日だったので、明日が天満宮の縁日という日だ。本来、休みのはずの長五郎餅本舗の「東門茶店」の勝手口が開いていていた。中年の御夫婦が何やら一生懸命働いている。尋ねてみると、「明日が縁日で、店を開ける準備をしている」と言う。この人こそ、「長五郎餅本舗」の二十一代目の店主・藤田典生さんだった。当方が会いたくて仕方のなかった人だけに思わず大喜び。さっそく、自己紹介方々、東京から来た訳を話すと、手を休めて、取材に応じてくれた。藤田さんも、大の「鬼平」ファン。全百三十五話の中で、「埋蔵金千両」の話が一番好きだと言う。この「埋蔵金千両」は、筆者が選ぶ「鬼平ベスト10」の一つで、我が意を得たりとばかりに、二人の話は大いに盛り上がった。

話は変わるが……。

「天国へ行ったら、会ってみたい人は誰ですか……?」と訊かれたことがある。

迷わず、「池波正太郎さん」と答えている。

お会いしたら、訊いてみたいこと、聞いてほしいことが山ほどある。この『鬼平、京へ行く』を土産として持って行くつもりだが、まず、今年（2023年）、新しいキャストによる『鬼平犯科帳』が製作されることを報告したい。さぞ、喜ばれることだろう。

東京の近況、特に「日本橋」の真上を走る「高速道路」の撤去工事の件についても訊かれるに違いない。

しかし、小生も、いつまで工事の進捗状況を確認できるかわからない。何でも、地下ルートが完成して、「高速道路」が撤去され、すべての工事が完了するのが2040年の予定とか。

（とても、それまではもつまい……）

せめて、その年の「お盆」には、池波先生のお供をして東京へ戻り、「日本橋」の上から名月を拝んでみたいものである。

最後に、お世話になりました関係各位、小学館スクウェアの皆さんに厚く御礼申し上げます。

2023年初春　　松本英亜

主要参考文献

慶長昭和　京都地図集成　柏書房
改正　京町絵図細見大成　天保二年
『画図百鬼夜行』鳥山石燕
『京都の大路小路』小学館

図版提供

「都名所図会」、「画図百鬼夜行」国立国会図書館
「寛政重修諸家譜」八木書店

※本書に掲載しております、図版等は著作権者に許諾を得ておりますが、中には鋭意調査しましたが、連絡先が判明しないまま掲載させていただいたものもございます。もしお気づきの点などございましたら、小学館スクウェアまでご一報くださいますようお願い申し上げます。

※地図には一部省略があります。また、取材の時点から建物、道路などが変わっている場合があります。ご了承ください。

※本書の地図の一部は、国土地理院の地図データを使用、参照して作成しています。

松本《まつもと》 英亜《ひでつぐ》

1942年東京生まれ。

東邦大学医学部卒業。医学博士。

医療法人（社団）同友会 顧問。

著書に「小さな旅『鬼平犯科帳』ゆかりの地を訪ねて」

第１～５部、『鬼平犯科帳 細見』（小社刊）がある。

鬼平、京へ行く 洛中・洛外『鬼平犯科帳』めぐり

2023年２月１日　初版第１刷発行

著　　者　松本英亜

発　　行　小学館スクウェア
〒101-0051
東京都千代田区神田神保町２-19　神保町SFⅡ ７F
Tel：03-5226-5781　Fax：03-5226-3510

印刷・製本　三晃印刷株式会社

デザイン・装丁　深澤かずみ（アレマ）

地図作成　高橋俊浩（小学館クリエイティブ）

Printed in Japan　ISBN978-4-7979-8857-4